_____ 님께

너도 봄, 나 또한 봄이기를…!
너의 삶도 봄날,
나의 인생도 더불어 봄날이기를…!

2024년 봄에, 작가 김윤미 드림

이름 없는
들꽃이라도 되어

이름 없는
들꽃이라도 되어

김윤미 지음

좋은땅

목차

포토 에세이

그리운 그대에게 주는 시

추억과 음식에 관한 에세이

이름 없는 들꽃이라도 되어

고운 빛으로 아롱지며 떨어지는 눈물겨운
가을 낙엽은 아닐지라도, 차가운 겨울…
눈비 맞으며 꽁꽁 얼어 버린 얼음 땅속에서
내 뿌리가 다 얼어 다시는 찬란한 새봄을
맞지 못한다고 할지라도, 당신 곁에서 피고 지는
가련한 운명이라면, 기꺼이 그 겨울을 견디겠습니다

드디어 새봄이 내게도 찾아와 준다면,
한겨울 강가에서 꽁꽁 얼어 버려서 움직일 수조차 없던
내 어두운 삶의 뿌리에서도 가녀린 푸른 새순이 돌아나고
저 눈부신 새봄을 당신과 같이 맞이할 수 있다면
그리고 봄빛에 노란 들꽃 한 송이라도
당신 곁에서 오롯이 피워 올릴 수 있다면 좋겠습니다

이제는 얼굴도, 이름도, 추억도 다 잊힌 당신이여…
당신이 주고 가신 그 책임을 나 홀로 다 감당하고
비록 노쇠한 몸 하나만 나에게 남았지마는 오직
저 먼곳의 당신을 만날 그 먼 약속 하나
오랜 소망 하나… 그것만이
나에게는 더없는 행복이겠습니다

중편 소설

: 이름 없는 들꽃이라도 되어

내 나이 서른셋에…

　　아직 여리여리한 처녀가 복사꽃처럼 향기롭고, 분홍색 꽃잎처럼 고운 나이, 한창 예쁜 스물셋의 나이에 아랫동네의 유복한 '김 이장님' 댁에서 우리 집으로 혼사가 들어왔다. 평소, 그 댁의 좋은 품성은 동네에서 익히 들었었고, 특히 13남매 중, 제일 막내 도령의 좋은 성품과 키도 크고, 잘생긴 인물은 우리 동네에 소문이 날 정도여서, 내 또래 동네 처녀들의 마음을 울렁이게 할 정도였었다. 우리 집도 윗동네의 제법 유복한 집안에서, 나는 위로 딸 셋 중에 셋째 딸로 태어나, 꽤나 똑똑하고 인물도 좋다는 소리를 들으며 자랐다. 내 다음으로 남동생들이 태어나, 비록 공부는 많이 못 하였지만, 모두가 부러워하는 혼사를 치른 후에 우리는 아랫동네에서 넉넉한 신접살림을 차렸다. 내 남편은 술이 좀 과할 뿐, 아내의 마음을 잘 헤아리는 좋은 남편이었고, 아이들에게는 다정하고, 좋은 아빠였었다. 평소, 금실이 좋았던 우리는 아들 둘에 딸 하나를 둔, 모두가 부러워하는 가정이었고, 남편은 수단이 좋아 돈도 잘 벌어 와서, 나는 도무지 걱정이라고는 없는 평온한 삶에 만족하며 살았다.

　　그러던 어느 날! '질투 많은 신'이 나의 행복을 시샘이라도 하는 듯이,

　　　　　　　　　　　　　　　　　　　　이름 없는 들꽃이라도 되어

바깥일을 보러 나간 남편이 갑자기 심장마비를 일으켜서, 그만 그는 하루아침에 '저세상 사람'이 되고 말았다. 한참 젊고, 유능하던 가장이 먼저 이생을 마감하고 말았는데, 이때 그의 나이가 '서른여섯', 내 나이가 겨우 '서른셋'이었다.

종친에서는 이른 나이에 세상을 등진 사람에 대하여, 모질게도 그 큰 선산에 '묏자리' 하나도 제공하지 않았다. "우리 집안에서 선산 사는데, 너희들이 보탠 것 하나 있냐?"라면서 문전박대를 당했지만, 나는 서른세 살 나이로 집안의 어른들께 울며불며 사정해서, 겨우 얻어 낸 구석진 '선산 자리 하나'에 내 귀한 남편을 땅에 묻고 돌아왔다. 그것은 시아버님이 슬하에 13남매를 둔 탓도 있었다. 자기 잇속으로 좋은 자리에 들어가고자 하는 심리였겠지…! 아마도 아직 살아 있는, 슬하의 성성한 자손들이 많았기에, 선산에 '묏자리' 하나 내어 주는데, 그토록 인색했으리라 …! 하루아침에 청상과부가 된 나는, 땅을 치며 통곡하고, 하늘을 향해 소리치며 내 팔자를 한탄해도 어찌, 그날의 억장이 무너지는 슬픔과 하늘이 무너지는 듯한 고통을 다 표현할 수가 있을까…?

더욱이 이미 불러오는 배, 나는 벌써 임신 6개월이 넘어서고 있었다. 그러나 나는 배 속의 아이를 지우려 한다. 아직 태어나지도 않은 이 아이 말고도, 서른셋의 그 꽃다운 나이에 책임져야 할 아이가 이미 셋이나 된다. 그 든든하고 반듯한 남편이 세상을 등진 나는, 졸지에 '젊은 청상과

부가 되어 버렸고, 밤마다 그 동네 사람들은 내가 키우던 닭이며, 돼지도 험한 소리를 해 가며, 나 보란 듯이 잡아가 버린다.

'원… 세상에…! 동네 사람들이 내게 이럴 수는 없지…! 늘 내게 살갑던 그들이 아닌가…!'

나는 이제 그런 사람들과 마주하며 살 기운조차 없다. 사실, 남편의 형제와 자매들은 그 당시에도 참 많았다. 13남매나 두었지만, 제일 막내 아우가 먼저 이 세상을 황망히 떠났는데도, 변변히 우리 가정을 아는 체하는 친척 형님들도 없었다. 나는 이 세상살이가, 그리고 나에게 모질게 대하는 일가친척들이 너무도 미웠고, 내 신세가 서러웠다. 내가 밤마다 흘린 눈물은 아마 앞마당의 내를 이루고도 남을 정도였을 것이다.

그래도 제일 큰 동서가 그나마 인품이 나아서, 막내며느리인 나는 큰 동서를 찾아가 눈물 바람을 하면서, 내 처지를 하소연하였다.

"아이고, 형님! 나…, 이 일을 어찌하면 될랑가요? 이 와중에 어찌기 아기를 낳는다요! 흑흑흑…!"

"자네, 이제 아이를 더 낳을 수 있는 것도 아니잖은가! 그래도 이 아이가 아비의 마지막, 이 세상에 두고 가는 유산인데, 부디 버리지 마시게나…!"

이름 없는 들꽃이라도 되어

사실, 나는 모질게 마음을 먹고서, 내 배 속의 아기를 몇 번이나 지우려고 했는데, 막상 그러자니 마음이 약해져서, 결국 그 일을 실행에는 옮기지를 못했다. 설상가상으로, 내 앞으로 7필지(약 8천 평)의 논이 있었는데, 그 논이 바닷물에 모두 잠겨 버렸다. 지금이야 그런 땅의 복구는 문제도 되지 않지만, 그 당시는 모두 바닷물에 잠기면 그만이었다.

　　내가 살고 있는 시골에서 논 일곱 마지기는 사실, 부농이었다. 그런데 그것마저도 한순간에 다 잃고 말았다. 밤마다 쓸만한 것들을 몰래 훔쳐 가는 몰염치한 마을 사람들…, 나 혼자 이 세상에 자식 셋을 남겨 두고, 저세상으로 간 남편이 너무 미웠고, 도대체 나 혼자 이 아이들을 데리고 어찌 살아 내야 한단 말인가…! 나는 하염없이 눈물만 줄줄~ 흘리고 있었다. 그런데, 내가 알지 못하던 큰 빚도 있단다. 평소 술을 좋아한 남편의 외상 술값 내놓으라고 난리고, 다른 한편에서는 "당신 남편이 빌려 간 돈 내놓으라."라면서 나에게 찾아와, 행패를 부리는 사람들도 여럿이다. 나는 냉정히 마음을 먹고, 평소 남편의 습관을 떠올려 본다. 그는 술을 마시고 오면, 집의 뒷마당에 가는 일이 잦았다. 그곳에는 멍석을 둘둘 말아 둔 창고가 있다. 그곳에서 이곳저곳을 살피던 내가 발견한 것은 종이에 둘둘 말아 놓은, 제법 큰 '돈뭉치'다. 그리고 '문서 하나'가 있었는데, 그 문서에는 남편이 선산에 투자한 금액이 나와 있었다. 그것을 본 나의 눈시울이 붉어졌다.

　　'이러려고, 그이가 미리 이 큰돈을 선산에 투자했던가…?'

내가 나이 어리다고, 혼자라고, 어찌 종친들이 나에게 이럴 수 있단 말인가…! 이 선산을 사는데, 남편이 보탠 돈이 무려 선산 전체 값의 절반에 가까웠는데도, 누구 하나도 이 사실을 나에게 알려 주지를 않았다니…! 이 모든 현실이 믿어지지 않아서, 그리고 내 두 눈은 서러움에 복받쳐, 몇 날 며칠 동안 울었더니, 내 눈가가 벌겋게 부어 있었다.

나 혼자서 살아 내야 할 삶이 기가 막힌다. 그러나 밤이면, 나만 바라보는 그 6개의 까만 눈동자가 나에게 다시 일어나라고, 나를 재촉해 주는 것 같았다. 더구나 배 속의 아기가 태동이 있어서, 나를 발길질을 하며, 자신도 거기에 있다며, 나를 일깨운다. 그렇다!! 나는 다시 일어나 이 거친 삶을 나 홀로 살아 내야 하리라!!

　　　　　　　　　　　　　　　이름 없는 들꽃이라도 되어

우리 친정은 시골에서는 꽤나 부유한 집안이었다. 집에서 부리는 종들이 여럿 있었고, 농사짓는 머슴들도 있었다. 아들이 귀한 집이라, 아들들을 서울에 대학까지 보낸 '지역 유지'였었다. 막 결혼한 남동생이 어느 날, 나를 조용히 찾아왔다.

"누님! 제가 집 한 채 구해 놨으니, 우리 집 근처로 넘어오시지요. 여기서 조카들이랑 어렵게 지내시는 것, 내가 이야기 들어서 알고 있어요."

나보다는 세 살 적은 이 남동생은 어릴 적, 나와 같이 커 가다 보니 정도 많이 든 동생이다. 나는 딸부자 집의 셋째 딸이었다. 그러나 시골에서는 귀하게 자란 몸이었다. 모두가 밥을 굶던, 그 어렵다는 시절에도 흰 쌀밥을 먹으면서 어렵지 않게 성장했던 내가…! 내 남편의 갑작스러운 죽음으로 몰락한 '아비 없는 자식'들을 기르는 난감하고, 한심한 처지가 되어 버린 것이다. 그러나 나는 '지금 배 속에 있는 이 아이는 제 아비의 마지막 씨앗이니, 이 아기를 낳을 때까지 여기를 떠날 수 없겠다.'라고 마음에 굳게 결심했다. 결국 갓난아이는 큰 동서가 받아 주었다. 아기를 출산하며 내가 느낀 출산의 고통은 사실, 아무것도 아니었다. 이 세상에 아버지도 없이 태어난 가련한 이 생명을 받아 든 나는, 가슴이 찢어지는 듯한 고통에 마냥 울 수밖에 없었다.

새로운 생명의 탄생

이 아기…, 9개월 내내, 엄마의 배 속에 있으면서, 수많은 고통스러운 일들을 엄마와 같이 겪어야 했던 이 아이는 정상일 리가 없었다. 또래의 아이들보다도, 너무 가냘프게 태어난 것이다. 사실, 내가 좀 작은 체구이기도 했지만, 원래 남편이 키가 컸기 때문에, 위로 있는 삼 남매에 비하면 아주 왜소한 모습으로 이 세상에 모습을 드러냈다. 나는 눈물을 흘리며, 죽은 남편에게 굳은 맹세를 하였다.

'여보! 이 아이만큼은 반드시, 반드시 세상에 보란 듯이 키우겠어요. 부디 하늘에서 잘 지켜봐 주세요…!'

나는 스스로에게도 다짐하고, 또 다짐하였다. 어린 갓난아이를 데리고, 친정 근처로 이사하긴 싫었다. 넉넉히 살아서, 옮겨야 하는 많은 짐도 문제고, 이 아기가 태어난 시기가 엄동설한이기도 했다.

'그래…! 날이 따뜻해지면, 그때 이사하기로 하자…!'

아직도 젖을 잘 빨지 못하는 작고, 왜소한 아기…, 그런 아기를 늘 불안하고 안쓰럽게 바라다보는 나…! 그렇게 힘들게 아기를 키우며, 사 년이란 세월이 흐르고, 내 눈물이 거의 메말라 갈 즈음, 나는 친정 근처로 이사를 결심하게 된다. 남편이 남기고 간 돈으로, 친정 남동생에게 사 달라고 부탁해 놓은 '논 한 필지'가 그곳에 있다. 우리 아이들을 먹여 살리기 위해서라도 꼭 전답은 필요했고, 나 또한 농사 말고는 할 수 있는 것이 없었기 때문이었다. 여기에 아이들이 뛰놀 수 있는 마당 넓은 집을 하나 구해서, 나는 친정 근처로 이사를 했다. 그러나 막상 친정 근처로 오고 보니, 친정엄마는 '출가외인'이라면서, 이렇다고 하게 도와주지도 않는다. 그 풍성한 먹거리 하나, 곳간에서 쉬이 내어 주는 법이 없었다. 큰아이는 이제 철이 들어가고 있어서, 외가에 가고 싶어 하지 않았고, 줄줄이 이어져 있는 아이들은 말똥말똥하니, 내 눈만 바라다본다. 결국, 나혼자 일어설 수밖에 없었다. 내가 처음으로 시도한 일이 '종교의 개종'이었다. 내게 이렇게 쌀쌀맞은 친정엄마가 싫어서, 엄마가 다니는 사찰 근처에는 가지 않고, 오히려 멀리 떨어진 교회에 나갔다. 일종의 반항인 셈이었다. 친정엄마와 멀어지기 위한 나만의 결심이다.

이제 막 다섯 살을 앞둔 '김 상진', 이 아이를 어떻게 해서든지, 잘 키워야만 했다. 큰애와 둘째, 셋째까지는 초등학교에 다니고 있어서, 문제가 되지 않았지만, 이 아이를 돌보아 줄 사람이 없었다. 그래도 그나마 내가 믿고 의지할 수 있는 건 친정밖에 없었다. 이 아이를 친정엄마한테 맡기고, 나는 삼판일(돌을 머리에 이고 나르는 일)을 해야 했다. 처음엔 서툴고 힘에 벅차 실수투성이였다. 손톱이 돌에 눌려 피멍이 지고, 변변하게 산후조리조차 하지 못한 탓에, 일을 마치고 온 저녁마다 온몸이 몽둥이로 맞은 듯이 쑤셔 온다. 내가 그동안 해 왔었던 일이라면, 그나마 나을 터인데…! 이 아이들 때문에 그런 힘든 일을 해야 했으니,

'아…! 나는 참 복도 지지리도 없는 사람인가 보다.' 나는 끙끙거리면서 잠이 들 적마다, 자면서 온몸이 아플 적마다, 복도 없는 내 인생을 한탄하고, 내 운명을 이렇게 가혹하게 내모는, 내가 알지 못하는 저 높이 계신 '신'을 향해 원망하였다.

그러던 어느 날엔가, 친정에 맡겨 놓은 아이를 찾으러 친정에 갔다. 그런데 나를 본 막내가 서럽게 운다.

"엄미! 할미가 나, 회초리로 아프게 때렸어…! 잉잉잉~"

그 여린 다리에선 몇 대를 맞았는지, 회초리 자국이 선명하다. 내 눈에서는 친정에서조차, 나를 차별하는 서러움에 눈물이 핑 돌았다.

'세상에…! 내 친정에서 나를 괄시해도 이럴 수는 없다. 이 아이도 당신의 귀한 손주가 아니었던가?'

나는 서러움에 목청껏 소리쳤다.

"엄니… 내 아기, 왜 때려슈? 왜?? 왜…!!" 나는 내 서러움에 벅차서 항변하듯이, 거친 숨소리를 내며 발악하고 말았다. 큰 소리에 놀란 시누이

이름 없는 들꽃이라도 되어

가 뛰어나오며, 나를 말린다.

"언니…! 사실, 은정(남동생의 동갑내기 큰딸)이랑 둘이 함께, 높은 장롱 위에 올려진 고구마를 내리려다가, 그만 옆에 있던, 큰 참기름 통을 건드려 깨 먹었나 봐요!!"

"그래서…, 그러면 은정이도 맞았능가? 어디 보세…! 은정이 다리 좀 봐야 쓰겠네."

그런데, 우리 애랑 같이 사고를 친 내 남동생의 딸, 은정이의 다리는 멀쩡했다. 나는 이 모습을 확인하자마자, 그만 속이 터져 버릴 것 같았다.

'내 이놈의 집구석!!! 다시는 오나 봐라…!!!' 나는 눈에 불을 켜고, 원망스러운 눈초리로 친정 엄니를 쏘아봤다. 그동안 참아 왔던, 내 안의 서러움이 폭발한 것이다. 나는 악을 쓰며 말하였다.

"그러유~ 내 이제 엄미를 엄미로 생각하지 않을 거고 만요. 봐유…! 은젠가 엄미도 엄니 눈에 피눈물 날 것 이유…!!"

나는 마당에 주저앉아, 다리가 퉁퉁 부은 이 아이를 붙잡고 울고 말았다. 다시 집으로 돌아오는 길에, 나는 내딛는 발걸음이 무거워서, 제대로 발이 떨어지지 않았다. 내가 믿고 의지할 어떤 것도 보이지 않는, 이

삭막한 현실에 눈앞이 캄캄해져 왔다. 그러나 그나마 다행인 것은, 고만 (딸부자 집의 막내딸인데, '딸 그만'이라 해서 붙여진 이름)이가 우리 친 정 근처로 이사 와 있었다. 친정의 살림살이가 좀 있다 보니, 너나 나나 할 것 없이 친정 주위로 다들, 몰려올 수밖에 없었다. 친척 동생 '고만'이 의 집은 바로 우리 집 밑에 자리하고 있었다. 나는 집에 돌아와서, 미처 앉을 겨를도 없이, 얼른 고만이의 집으로 달려갔다.

"고만아…! 잠시 나와 봐라~ 광석이(막내랑 나이가 같은 고만이 아 들)하고, 우리 야랑 나이가 같응게, 내가 '삼판일' 나갈 때 같이 좀 봐줬으 면 헌다. 야가 할미한테 두들겨 맞아서, 거기에는 안 가려고 한다. 니가 좀 봐주면 안 되겠나?"

막내 아이는 다행히, 그렇게 친척 동생 손에 맡기어졌다.

이름 없는 들꽃이라도 되어

내가 생전, 하지 않던 험한 일도 자꾸 하다 보니, 점점 익숙해지었다. 나 혼자 그 많은 농사일에, 삼판일에, 아이들 넷을 키우며 바쁘고, 힘들게 세월이 흘러가고, 우리는 이제 널따란 집 마당에 큰 텃밭을 만들었다. 내가 처녀 적 같았으면, 향이 좋은 복숭아를 심고, 집 앞 뜰에는 채송화와 맨드라미를 심고, 집 둘레에는 철마다 아름다운 꽃으로 꽃밭을 만들었을 테지만, 지금은 먹고사는 게 우선인지라, 나는 집 앞에 각종 채소밭을 만들었다. 철 따라 한 곁엔 파릇한 정구지(부추)를 심고, 여름철에는 기다란 오이를 심고, 보랏빛 가지도 심고, 가을 김장을 위해서 노란 배추며, 튼실한 무도 심고, 애들이 간식으로 좋아할 법한 단 수수와 찰옥수수도 심었다. 날마다 좋은 고기반찬은 해 줄 수 없지만, 달걀과 닭고기를 먹이려고, 이른 봄이면 병아리를 부화시켜, 닭도 앞마당에 여러 마리를 길렀다.

이렇게 바쁘게 몸을 움직이다 보니, 밭을 하나 더 살 형편이 되어, 우리 집 위쪽에 이백 평 남짓한 밭도 하나 사 두었다. 거기엔 고추며, 고구마며, 배추와 무를 심을 요량이었다. 그런데 아이들이 문제였다. 나 혼자서 넷을 키우며, 늘 일에 바삐 살다 보니, 미처 아이들을 세심히 돌 볼 시간이 없는 탓에 아이들은 하라는 공부는 안 하고, 매일 바깥에서 놀다 보니, 얼굴과 손이 다 틀 정도로, 그 꼴이 아주 형편이 없었다.

어느 날의 예상치 못한 사고

어느 날, 막내 아이가 누나를 따라 학교에 간단다. 늘 집에서 혼자 노는 아이여서, 안쓰러운 마음에 '학교에서 누나한테 피해 주지 않을까…!' 사실, 염려도 되었지만, 제 누이가 선뜻 데리고 갔다 오겠다 해서, "그려라!! 선생님께도 잘 말혀서 니 동생, 잘 좀 챙겨라." 몇 번이고, 잘 타일러 보냈다. 막내는 이제 소변을 겨우 혼자서, 가릴 정도인데…. 사실 마음속으로는 걱정도 됐다.

'에이. 뭐 무슨 일 있겠어… 지 누나랑 함께 가는디….'

나는 아이를 딸려 보내면서, 왠지 불안한 감도 있었지만, 어차피 혼자서 집에 있을 바엔 누나를 따라, 학교에 가는 것도 나쁘지 않을 것 같았다. 그런데, 결국…! 나의 불안한 예감이 적중했다. 아이들이 학교 수업을 마치고, 집에 돌아오던 하굣길에 큰일이 터졌다. 어린 막내가 수업 시간에, "쉬 마렵다. 응가하러 가야 한다."라고 하면서, 지 누나한테 여러 번을 조른 모양인데, 그 때문에 수업 분위기가 엉망이 된 모양이었다. 수업을 다 마치고, 집으로 돌아오는 길에, 누나와 같은 또래 남자애들이 그게 못마땅해서인지, 우리 아이들 뒤에서 제법 큰 돌을 던진 모양인데, 그

이름 없는 들꽃이라도 되어

돌이 어쩌자고, 막내 아이 머리 뒤쪽에 정통으로 맞아 버린 것이다. 내가 일을 마치고, 돌아와서 막내를 봤을 때, 그 아이가 얼마나 많은 피를 흘렸던지, 막내의 머리는 이미 피로 홍건해져 있고, 같이 나갔던 누나는 놀라서 어린 막내의 머리만 감싸고 울고 있었다. 내가 언뜻 보기에도 상처가 꽤나 깊어서, 나는 덜컥 겁이 났다. 어린 막내를 둘러업고, 돌팔이 의사이지만 근처 의원 집에 서둘러 가서, 그 아이의 머리를 여러 바늘, 꿰맸다. 아프다고, 살려 달라고 애원하고 있는 막내…! 나는 너무 기가 막혔다. '아, 내가 누구를 원망하랴…!!'

"엄니~ 나 좀 살려 주세요!! 나, 너무 아파요." 시골이라서, 제대로 마취 주사조차 없이, 생살을 꿰매고 있는 막내 애를 보는 내 가슴은 피가 철철 흐른다.

'이놈도 이렇게 박복한 제 어미 잘못 만나, 이리 고생하고 있는가…!' 싶어서, 내 눈에서는 눈물이 철철 흐른다. 제대로 입혀 보지도, 먹이지도 못한 이 아이 때문에…, 내 나름대로 최선을 다해 키웠지만 나는 키우는 내내 가슴이 칼로 저민 듯이 아리고, 또 겨울의 찬 바람이 불듯이 속이 시린 것이다.

"대체 누구여…! 그놈들…!"

나는 이런 일을 내 아이들에게 저지른 동네 사내놈들이 미워서, 땅을 치면서 울었고, 나를 돌보아 주지 않는 저 무심한 하늘을 원망하고 싶었다. 아…! 내 삶은 늘, 왜 이다지도 고단한지, 내 눈가에는 눈물이 마를 날이 없었다. 혼자서 장독대 뒤에서 내가 흘린 눈물은 이루 말할 수가 없다. 내 눈물이 흘러가서, 저 냇물이 되고, 큰 강물이 되어, 저 바다가 넘쳤으리라!!

내 삶이 내 어깨를 짓누를 적마다, 나는 더 단단해져야만 했다. 오로지 나만을 바라보고 있는 이 아이들 때문에, 그러나 이렇게 힘든 시간이 내 곁에서 술술, 잘도 지나간다. 이렇게 세월이 물처럼 흐른다면, 이제 곧 나도 강으로, 저 넓은 바다로 나갈 수 있으려나…! 그것은 나의 오랜 꿈이었다.

이름 없는 들꽃이라도 되어

나는 큰애를 서울로 보내기로 작정했다

'역시, 공부는 서울에서 해야 하는겨.' 시골의 고등학교에서 공부를 잘하며 다니던 큰애를, 서울에서 공부한 친정 남동생의 소개로 서울로 전학을 보내 버렸다. 늘 동생들 뒷바라지에 공부도 못하던 딸애가 눈에 밟혔지만, 나는 모질게 마음을 먹었다.

'그려…! 이 시골에서 딸년이 공부하면 을매나 혀. 이 딸년은 나랑 함께 일이나 혀야 혀 …!'

착한 딸애는 아무런 불평도 없이, 자신의 운명이라는 듯이, 내 곁에서 일만 하면서, 내가 일 나가면, 남겨진 두 동생 뒷바라지를 하며, 힘든 인고의 세월을 보내야 했다. 어느 날부터인가, 막내 아이가 자주 코피를 쏟는다. 처음에 그러다 말겠지 했는데, 매일같이 코피를 쏟고 지혈도 잘 안된다. 나는 버럭 겁이 났다. 용하다는 한의원을 수소문하여, 읍내에 나가 아이 건강에 대하여 진맥을 받아 봤다. 다행히 큰 병은 아니라고 하고, 단지 몸이 허해서 생긴 거란다.

'하기사 내가 언제 젖을 제대로 물려나 봤는가! 그 불쌍한 자식을 따뜻하게 품에 안아 주길 해 봤나!' 그저 마음속으로만 사랑하고, 늘 염려했을 뿐이었다. 맥없이 누워 있는 내 어린 자식을 바라보니, 나는 또 눈물이 난다. '내가 남 보란 듯이 잘 키우겠다고 작정했었는데 …!'

나는 한의원에서 받아 온, 건삼(인삼을 말린 것)을 '안방 장롱' 속에 넣어 두었다. 그 당시, 인삼은 귀한 약재였다. 더구나 이 시골에서 어린 애에게 인삼을 먹이는 집은 거의 드물 때였다. 아직 말귀를 잘 알아듣지는 못해도, 엄마가 시키면 시키는 대로 곧 잘하는 아이였다. 막내에게 알아듣도록, 잘 타일렀다. "야야, 망내야! 여그 이거 놔 두었응게, 니가 일어나면 아침마다 하나씩 먹는겨. 알았찌?" 늘 일하기에 바쁜 엄마가 할 수 있는 거라곤, 아이에게 먹는 방법을 알려 주고, 혼자서 잘 먹길 바랄 뿐이었다. 큰아이가 서울로 전학을 해 버려서, 큰애 앞으로 더 큰 돈이 필요했다. 그래서 더 많은 돈을 벌려니, 나는 하는 수 없이 거친 바닷일을 해야만 했다. 그러나 나는 험한 바닷가 일은 전혀 모르고, 한 번도 해 본 적도 없었다. 그러나 나는 그 일을 해야만 했다. 어릴 적에 친정아버지가 사 온 꽃게나 갈치나 먹고 자란 기억밖에 없다.

그러나 나는 돈이 더 필요해서, 날마다 배가 들어오는 항구에 나가 대하를 따며 돈을 벌었고, 그때마다 덤으로 받아 오는 가재를 들고 와서, 아이들 간식으로 먹였다. 막내 아이는 여전히 모든 것이 힘에 부치나 보다. 한참 밖에서 막 뛰어놀 나이인데도, 낮이나 밤이나 늘 잠에 빠져 있는 것이다. 고된 일을 마치고, 밤이면 집에 돌아와서, 잠을 자는 막내 애를 안고서, 등을 토닥토닥해 주면서, 나는 애처로이 바라볼 따름이었다.

　　　　　　　　　　　　이름 없는 들꽃이라도 되어

"니들 막내 먹으라고 맹근거, 먹지마라잉~~."

　막내 위로 있는 형과 누나들에게 혹여나, 막내가 못 먹을까 봐서 나는 그 애들에게 다그치듯 말하고 말았다. 사실, 그것이 얼마나 돈도 되지 않지만, 오직 돈을 벌기 위해 억척같이 살아가야 했기에, 나는 늘 몸이 약한 막내에게 그것만이라도 넉넉히 먹이고 싶었다.

막내가 이제 초등학교에 들어간다

그저 내 생각으로는, 내 새끼 손잡고 내가 '입학식'에도 가고 싶지만, 늘 안쓰러운 막내의 가슴팍에 하얀 손수건을 하나 달아 주고서, 지금 초등학교에 다니는 셋째에게 신신당부하였다.

"니가 형인 게, 니 동생 잘 데따주고 데려와야 헌다. 알았지?" 고된 일에 파묻혀 사는 내 두 눈에는 눈물만 고여 갈 뿐, 그렇게 막내아들 초등학교 입학식에도 가질 못했다. 위로 큰형들과 누나가 있어서인지, 여리고 작은 막내는 한글 떼기가 빨랐다. 초등학교에서 매일 하는 국어 '받아쓰기' 시험에는 좀처럼 틀려 오는 법이 없었다. 나는 체격은 왜소하고 작지만, 두 눈이 반짝거리는 우리 막내가 너무 사랑스럽고 자랑스러워 보인다. 아마도 받아쓰기 시험에서 틀리지 않으면, 선생님이 '빵'을 나누어 주나 보았다. 막내는 배가 고파서인지, 빵을 좋아해서인지, 그 빵을 받기 위해 나름 혼자서 공부도 하였다. 그러나 어쩌다 빵을 받아 오지 못하는 날도 있었는데, 막내의 표정을 보면 금방 알 수가 있다. 가끔 집에 돌아올 때, 우리 막내가 환하게 웃는 모습이 없고, 시무룩할 때가 있었다.

"니, 학교에서 무슨 일 있었나?"라고 걱정이 되어 내가 물으면, 기운이 빠

이름 없는 들꽃이라도 되어

진 목소리로, "나 오늘 빵 못 먹었어…"라고 대답한다. 그날, 빵을 못 먹은 아이의 눈에서는 금방이라도 '후드득…' 눈물이 떨어질 것 같다. "그깟 빵이 뭐라고, 에고…!" 나는 장롱 속에 숨겨 둔 곶감 몇 개를, 막내 아이의 고사리 같은 손에 꼬옥 쥐어 준다. "야야~~ 요거 먹어 봐라! 이게 더 맛있는 거라."

시무룩한 아이를 달래며, 막내 아이가 공부를 한답시고, 밤늦게까지 엄마 옆에서 책을 보는 모습에, 나는 또 눈시울이 붉어지고 만다. 공부는 그럭저럭 잘하는데, 몸이 허약해서 체육은 늘 "가"였다. 그나마 국어 산수는 제법 하는가 보다. 처음으로 막내의 성적표를 받아 든 나는 국어, 산수 과목에 "수"라고 찍힌 아이의 성적표를 받아 보았다. 당연히 아이의 학습 평가란에는 [체력이 약하여 체육 시간에 힘들어하지만, 두뇌가 명석하여, 일반 학업은 잘 따라온다]라고 쓰여 있었다.

나는 집에 남아 있는 세 아이와는 함께 잠자리를 했다. 집이 커서 잘 방은 넉넉했지만, 내 아이들을 끼고 자고 싶었기 때문이다.

막내는 항상 엄마 곁을 차지하고 잔다. 젖을 넉넉히 잘 물려 주지 않은 탓인지, 학교에 가서도 아직도 늘 엄마 젖을 만지작거리며 자는 막내. 가끔 엄마 젖을 빨기도 해서, 할 수 없이 쓰디쓴 한약재를 발라 놓은 적이 있다. 그 뒤로는 엄마 젖은 빨진 않는데, 여전히 잠을 잘 때면 뒤적뒤적, 엄마의 젖을 찾는다.

이름 없는 들꽃이라도 되어

시아버님 제삿날이 다가오고 있었다

내가 막내며느리인 탓에, 제삿날에 좀 늦게 가기라도 하면, 둘째 형님이 난리를 친다. "자네…, 매번 해 오던 일인데, 어째 오늘은 빈손으로 왔능가?" 나는 야박한 이 말을 듣기가 너무 싫다. 그래서 이번에는 뒷마을 바닷가에 나는 바지락조개를 까서, 가지고 갈 참이었다. 나는 밤낮으로 일을 해야 해서, 그 바지락조개를 깔 시간조차 없었다. 그래서 막내에게 말했다.

"막내야!! 너, 이거 다 까 놓으면, 큰집 제사에 데리고 가마…!!" 내가 혹시나 해서 해 본 말인데, 막내는 그 고사리 같은 작은 손으로 그걸 다 까 놓았다.

"이 녀석이 무엇이 될라고, 이렇게 억척스럽다냐…!"
"헤헤헤~~"

나는 엄마랑 같이 제사에 가려고, 좋아서 웃는 막내를 물끄러미 바라다보았다. 내가 한 약속대로, 아침부터 서둘러 막내에게 새 옷을 입히고, 그 아이의 손을 잡고 시아버지 제사에 가던 날인데, 결국 그곳에서 '큰 사고'가 터지고 말았다. 내가 잠시 일을 보러 간 사이에, 막내 아이가 감쪽같이 사라져 버린 것이다. 돌아온 나는 너무 놀라서 형님께 큰 소리로 물었다.

"형님. 우리 막내 어디 있어요?"
"응?? 아니, 야가 어디 간 거야 …?"

처음엔 근처에서 놀겠거니…, 생각했는데, 집 근처를 아무리 찾아봐도 보이질 않는다.

"형님! 우리 막내가 안 보이는데요…?" 아…! 왠지 모르게 다가오는 이 불안감이란…!

"조카들이랑 함께 놀고 있을 거구먼…. 지가 삼촌이라고 애들 때리지는 않을지 몰라?" 자손이 많다 보니, 우리 막내보다도 조카들의 나이가 많았다.

"자네… 조카 집에 가 봤는가…?"
"예~~ 가 봤는데, 거기도 안 보이네유. 다른 조카들은 거기 다 있던데유…!"

점점 나의 불안이 무서운 현실이 되어 가고 있었다. 아무래도, 사고로 남편을 잃은 나에게는 늘 불안감이 있었기에 이런 일에 나는 유난히

이름 없는 들꽃이라도 되어

예민한 것이다.

"형님! 우리 막둥이가 안 보인다고요. 아직 제사 전이니께, 같이 좀 찾아봐 주어야겠어요! 집안 어른들께는 말씀 좀 해 주세요!"

이런 일에 나는 유난히 불안해하는 것을 다른 식구들도 다 알기에, 모두가 당황하여, 어쩔 줄을 모른다. 내가 어찌나, 난리를 했던지, 서서히 제삿집에는 비상이 걸리고 있었다. 내가 얼마나 아이들에 대해서 별나게 유난을 떠는지, 집안 어른들도 다 아시는지라, 제사 참석차 온 시아주머니부터 막내의 사촌 형제들까지, 다 '우리 막내 찾기'에 합세하여 난리가 났다. "아이고, 야가 어디 갔다냐…!"

나는 작은 막내가 "재래식 화장실에 빠졌나?" 하여, 화장실에도 가 보고, 근처 도랑에 빠지지는 않았는지 도랑도 일일이 다 확인했다. 날은 점점 어두워져 가는데, 도무지 아이의 행방을 찾을 수가 없다. 놀란 시아주버니와 어른들께서는 "허 참~~ 허 참…!!"만 연발하고 있을 뿐이었다. 어둑어둑한 온 동네를 다 찾아다녔고, 이웃 동네까지 다 찾았는데도, 도대체 우리 아이를 찾을 수가 없었다. 이제 겨우, 이 아이 나이가 여덟 살이다. 동네 사람들에게 이 아이의 행방을 물어봐도, 누구도 아는 이가 없다. 나는 불안감에 점점 미쳐 가고 있었다.

"아이고~~ 내 새끼. 우리 애가 어디 간 거야~" 나는 눈앞이 캄캄해져 왔다. 숨이 막히는 것도 같다. 제사를 지내려던 온 문중에서도 난리가 났다. "어허…! 이거 참…!!!"

어른들은 "끌끌" 혀를 차고 있을 뿐, 우리 아이의 모습은 온 데 간 데가 없다. 당연히 그날의 제사는 안중에도 없고, 모두가 아이 찾는 데 혈안이 되어 있었다. 나는 제사에 모인 많은 집안의 형님들이 원망스러웠다.

"형님들 그러는 거 아닙니다. 내가 아이 좀 맡아 달랬더니, 이 아이가 어디 갔는지도 모르고…! 이게 사람이 할 짓입니까…?"

나는 부르짖으며, 거의 이성을 잃고 말았다. 내가 시아버님 제삿날, 좀 일찍 온 탓에, "마침 제가 근처에 살고 있는 언니 집에 다녀올 테니, 울 아이 좀 봐 달라."면서 몇 번이고 부탁하고 다니러 갔다 온 잠깐 사이에, 이 사달이 벌어진 것이다. 아이의 사촌 형들은 늦은 밤까지 이곳저곳을 헤매다가, 모두가 혼자서 들어왔다. 나는 혹시나…? 하는 불안한 마음에, 혼자 돌아오는 사촌 형제를 볼 때마다, 내 가슴은 저세상의 깊은 나락으로 떨어져 갔다. 아이를 잃어버린 적 없는 사람은 모르리라…! 그것은 이루 말할 수 없는 '고통 속의 긴 시간'이었다. 이제 나의 서러움과 불안은 이 세상의 전부였었던, 남편이 세상을 뜰 때처럼 내 가슴은 큰 상실감으로 미어져 왔다. 세상의 끝 같은 절망으로 내 눈에서 하염없이 흐르던 눈물은, 나의 온 얼굴을 가리고 말았다.

"아이고!! 어쩐다냐…! 내 새끼 어쩐다냐…!"

이름 없는 들꽃이라도 되어

나의 통곡과 절규는 어두운 온 동네를 휘감고 있었다. 불안감이 엄습하여, 모두의 얼굴이 사색이 되어 간다. 그러나 우리 막내는 어디에 갔는지 보이질 않는다.

제사에 온 아이가 엄마를 찾는다

"엄미~ 엄미~ 어디 있어유?"

　오늘 아침, 할아버지의 제사에 간다고, 특별히 엄미가 시장에서 사온 새 옷을 갈아입고, 진이는 엄마와 같이 손을 잡고, 제사를 지내는 큰집에 왔는데, 아무리 찾아도 보이지 않는 엄마…! 없어진 울 엄마를 찾다 보니 걸어서 걸어서, 엄마와 함께 나왔던 울 집에까지 걸어왔다. 그런데, 여기 집에도 역시 엄마는 없다. *"형아~ 우리 엄마가 없어… 엄마가 안 보여…! 잉잉잉~~"*

　늘 엄마 뒤꼬리만 따라다니던 작은 아이는 엄마가 안 보이자 급속도로 불안해졌다.

　"우리 엄마, 어디 간 거야~ 잉잉잉~~~" 진이는 울면서, 없어진 엄마만을 찾고 있었다. 이 아이에게 전부인 엄마! 이 세상의 처음부터 나랑 있었던 엄마! 그 아이는 엄마 외에는 아무것도 생각할 수 없었나 보다. 늘 엄마 곁에서, 엄마의 따뜻한 사랑만 받으며 살다 보니, 엄마가 갑자기 안 보이는 상황에서, 마치 실성한 아이처럼 엄마만 찾으며 울고 있다.

　　　　　　　　　　　　　이름 없는 들꽃이라도 되어

이 작은 8살짜리 아이…, 이 아이가 엄마를 찾아, 다시 길을 재촉하고 있었다. 진이는 다시 엄마랑 갔었던 큰집을 향하고 있다. 제사 지낸다고 아침부터 깔끔하게 차려 입혀 놓은 옷은, 길가에서 묻은 흙먼지와 눈물, 콧물로 꼬질꼬질해진 지 오래다. 길가를 울며 걸어가는 아이가 보이자, 지나가던 삼륜 자동차가 멈추었다.

"애야~ 너 어디 가는데, 울고 가는 겨?" 다행히 동네의 어느 아저씨가 가던 차를 세우고, 작은 아이에게 물었다.

"엄마 찾으러요. 울 엄마가 없어졌어요. 울 엄마가 안 보여요…!"
"어디까지 가면 되는 거니? 이 아저씨가 데려다주마. 걱정 말거라!"

다행히도 아이를 태워 주는 아저씨 덕에, 그나마 빨리 큰집에 갈 수 있었다. 더 다행인 것은, 어린 나이에 이사했지만, 이 아이는 자기가 나고 자란 동네를 잘 기억하고 있었다. 또한 동네 입구에는 작은아버지 댁이 있었다. 작은아버지 집에 다다르자, 작은 아이가 소리친다.

"아, 여기예요!" 하면서, 작은아버지 집으로 들어갔다.

이미 이 아이의 사촌 형님들이 들러서 찾아보고 간 그 집이다. 울면서 아이가 들어서자, 작은아이의 사촌 누나들이 난리가 났다. 없어진 아이가 울면서 나타난 것이다. 짧은 거리도 아니었다. 이 아이가 살고 있는 집과 큰집, 그 거리는 족히 10킬로는 넘었다. 엄마는 늦은 밤에서야 잃어버린 아이와 겨우 만날 수 있었다. 이 아이는 체력도 약했지만, 얼마나 울면서 걸어 다녔던지, 엄마를 본 순간…, 기절한 듯이, 깊은 잠이 들어 버렸다. 이 작은 아이의 오늘 하루 역시, 길고 고된 하루였으리라…! 귀한 아이를 잃어버린 엄마에게도, 오늘 하루는 십 년은 될 것 같은 긴 하루였을 것이다.

이름 없는 들꽃이라도 되어

아직 마흔도 안 된 나이…

얼마든지 청상과부를 버려도 될 나이였다! 나에게도 가끔 좋은 후처 자리라며, 재혼하라는 권유도 있었지만, 나는 한칼에 그들의 권유를 잘라 버렸다. "뭔 쓸데없는 소리여유? 그런 것은 다른 데서나 알아보슈…!"

다들 나를 '억척스러운 여편네'라고 뒤에서는 말들도 많았지만, 나의 목적은 단 하나! 오직 아이들을 잘 길러서, 뒷날 저세상에서 만나게 될 남편에게 떳떳하게 말하는 것! 그것뿐이었다. 그와의 약속을 잘 지켜서, 훗날! 만나게 될 나의 사랑하는 남편에게, "당신, 잘했소. 참, 수고했네…!"라는 그 한마디를 들으려고, 이렇게 악착같이 살아 내는 것이다. 동네 사람들과 계를 들 요량이면 매번 말 번을 선택했다. 그것은 말 번이 이자가 제일 많아서였다. 이자로 쌀 한 가마니라도 더 받고 싶어서였었다. 가끔 계주가 야반도주할까 봐 전전긍긍하면서도, (그 당시에는 그런 일이 많았으니까…) 그러나, 나의 결심은 항상 말 번이었다. 내 허리가 부러져라 일을 해야 하는 나의 삶에 그나마, 착한 딸내미가 한두 살 더 커 오자, 다행인 듯싶었다. 이제 집안 살림은 딸내미가 제법 할 줄 안다. 제 아래 동생들 챙기는 것도 제법이다. 내가 늦을 요량이면, 동생들 밥을 먹이고, 엄마 밥은 무쇠솥 열기 속에 담아 두고서, 늦는 엄마를 기다릴

줄도 안다. 얼마나 기특하고, 대견하였었던지…!

그러나 그 착하고, 희생만 하던 내 딸내미에게 "잘했다. 수고 많았다."라고 좋은 말, 웃으면서 칭찬 한 번, 제대로 못 해 준 것이 늘 마음에 걸린다. 나 혼자서 하는 그 많은 논농사와 밭농사는 손이 몇 개라도 부족했다. 그래서 나는 항상 늦은 시간에 돌아올 수밖에 없었다. 그러나 이런 고생 덕분으로, 우리 논이 하나씩 늘 때마다, 나는 아이들을 데리고 그 논으로 갔다.

"야들아! 이게 우리 논이여…! 봐라. 저그까지 보이냐…!"

나는 내 힘으로 일군 이 논과 밭들을 아이들에게 자랑하고 싶었다. 얼마나 나의 온 힘과 피와 땀이 서려 있는 재산이었던가?

　　　　　　　　　　　　　　　이름 없는 들꽃이라도 되어

우리 마을에도 전기가 들어온다

셋째가 중학교에 들어가면서 바빠져서, 이제 울 막내- 초등학교 3학년짜리한테도 어쩔 수 없이 논일을 시킬 수밖에 없었다. 그 아이는 내가 시킨 '논, 물 대기'를 열심히 하고 있었다. 이제 그 아이의 나이, 겨우 열 살이었다. 천이백 평이나 되는 큰 논에 물을 가두기 위해, 사랑스러운 내 막내 '진이'는 물레방아 위에 앉아, 하루 종일 발로 돌리고 또 돌리고…, 얼마나 방아를 열심히 돌렸던지, 어느새 주위가 다 까만 밤으로 변해 있다. 그런데, 갑자기 멀리 보이는 동네가 대낮같이 환해지는 것이다. 우리 동네에도 드디어 전기가 들어온 것이다. "와~" 다 같이 함성을 질렀다. 밤에도 대낮같이 환한 이 기적이 일어난 것이다. 밤이면, 호롱불 밑에서 코에 새까만 검정을 만들면서 책을 보았던 우리 막내, 진이…, 하루 종일 논에 물을 대면서 힘든 것보다는, 우리 동네에 전기가 들어왔다는 신기함에 그 아이는 집으로 뛰어갔다. 마을에 전기가 들어오자, 그에 따라서 현대적인 문물인 '텔레비전'도 들어왔다. 삼십여 가구 중에 텔레비전은 단, 3대뿐이었다.

밤마다 텔레비전 보는 재미에, 낮에는 재미있는 만화영화에 빠진 울 막내 아이…, 그런 아이를 위해, 나는 크게 맘먹고 귀하던 텔레비전을 떡

하니 안방에 들여놓았다. 나는 하루 종일, 죽어라! 일만 하기도 했지만, 가족들을 위해서 가끔은 통 크게 쓸 줄 아는 그런 사람이었다. 그 아이, 울 막내 애가…! 늘 약해서 걱정스러운 눈으로 바라봐야 했던 아이였는데, 우리 진이가 제법 건강해진 건가…? 매일같이 낮과 밤으로 잠만 자던 아이가 밖에서 놀다가, 저녁 무렵에 집으로 들어오곤 한다. 나는 그런, 막내 진이를 뿌듯한 맘으로 바라보곤 한다.

"그럼, 건강해진 거여! 지 친구들이랑 뛰어노는 것을 보니, 아휴! 참 다행이구먼…!"

나는 진이가 친구들과 놀다 늦게 돌아오더라도, 결코 나무라는 법이 없었다. 늘 약하던 그 아이가 너무 대견하고, 사랑스러웠기 때문이다. 동네의 논밭마다, 가을 추수가 한창이다. 그러나 우리 집에는 어린아이들밖에 없어서, 이럴 때는 일손이 부족하여 참 난감하다. 1년 내내, 애써 길러 놓은 농작물들이 비가 오거나, 찬 서리가 내리면 다 상하기 마련이다. 노랗게 익은 벼도, 빠알간 고구마도, 알이 통통한 새파란 배추도, 추수하는 이 가을에는 이루 말할 수 없이 예쁘다. 그 작물들은 내가 1년 내내, 내 자식처럼 돌본 수확물이기 때문이다. 이때는 논마다, 밭마다, 해야 할 일들로 넘쳐 난다. 벼 탈곡이 끝나면, 바로 보리농사에 들어가야 하기 때문이다. 사실, 이렇게 아름다운 가을을 느낄 새도 없이, 나의 가을은 참으로 혹독했다. 해도 해도 끝이 없이 쌓이는 일거리들, 그리고 품앗이일…, 나는 허리가 휠 정도로, 이 집 저 집…손이 필요한 집에 일을 하러 갈 수밖에 없다. 내 논에 추수하려면 어쩔 수 없었다. 우리 막내, 진

이름 없는 들꽃이라도 되어

이도 나를 거든다. 이제 좀 튼튼해져서인지, 혼자 큰 볏단을 나른다.

"징기 맥!!(진이 엄마를 부르는 소리다.) 저넘, 힘쓰는 것 좀 봐! 아휴… 저걸 어따 쓴데…!! 하하하."

우리 동네에 사는 다른 엄마들의 목소리가 들린다. 내 눈에는 이제 막 건강해져서, 이것저것 해 보려는 아이로 보였는데, 아직도 다른 사람들의 눈에는 아주 약하디 약한, 사내아이로 보였나 보다. 나는 자존심이 상했다.

"진이 너, 이제 집에 가거라. 다시는 논에 나오지 마라? 엉능 가!"

진이는 일을 도우러 왔다가, 그만 논에서 쫓거나 버리고 말았다. 비록 내가 혼자 아비 없이 키우고 있었지만, 아비 없는 자식이라 손가락질 받게 만들고 싶지 않은 것이다. 내 자식에게만큼, 남들이 이러쿵저러쿵 이야기하는 것을, 절대 용납할 수 없었다.

"내 귀한 아이 보고, 지금 저 맥(댁)이 뭐라는 거여…? 또 한 번만 더 그딴 식으로 말하면, 내 그 주둥이를 비틀어 버리고 만다…!"

나는 이런 일로도 부아가 치밀었다. 억세게 혼자 몸으로, 아이들을 키우며 농사일을 해 가다 보니, 나의 어린 처녀 때의 모습은 온데간데없고, 그야말로 삶의 전선에서의 '투사' 같은 모습으로 변하고 말았다. 점점 가느다란 두 손과 발은 두꺼워져 가고 있었고, 그 가늘던 손마디는 매섭게 굵어져 가고 있었다. 사실 논에서는 맛있는 먹거리가 많았다. 점심이나 새참이나, 각 집에서 이고 오는 국이며 반찬이며 밥이며, 진이가 집에서는 쉽게 맛볼 수 없는 음식들이었다. 우리 막내가 논에 있었던 목적도 어쩌면, 이 식도락을 누려 볼 심산이었는지도 모른다. 맛있는 먹거리를 놓친 '진이'는 못내 아쉬운 듯이, 힘없이 발길을 돌린다. 그러나 집에 돌아온 막내는 마땅히 할 일이 없었다. 같이 놀던 작은형은 이제 중학교에 들어가서 집에 늦게 오곤 했다. 그래서 논에 나간 엄마나 누나가 오기 전에는 늘 혼자다.

넓은 집 마당에는 깨와 고추, 조금 일찍 수확한 햅쌀인 찹쌀 벼가, 저 한 귀퉁이에서 가을 햇빛에 잘 마르고 있다. 힘이 없는 진이가 할 수 있는 일이라곤, 저 해가 조금 뉘엿뉘엿해지면, 마당에서 말리던 고추와 깨를 모으고, 멍석을 정리하여 곳간에 넣는 일이다. 또 마당에 닭들은 또 어찌나 많은지, 몰고 몰아서 겨우 닭장에 가두고, 그 닭들이 낳은 따스한 알들을 부엌 선반 위에다 조심히 가져다 놓기도 한다. 그렇게 해서라도, 엄마와 누나의 바쁜 일손을 덜고 싶어서였다.

이름 없는 들꽃이라도 되어

동네 친구들과의 놀이는 언제나 즐겁다

진이는 야산에서 비닐을 썰매 삼아 내달음치거나, 추운 겨울이면 형이 만들어 준 썰매를 탄다. 단 하루만 산에서 뒹굴다 보면, 그 아이가 입었던 바지는 무릎에 구멍이 난다. 썰매를 타다가 젖어 오는 양말을 말릴 때면, 어느새 양말이 불에 그슬려 발바닥에 구멍이 뻥 뚫린다. 이때는 모두가 나일론으로 만든 양말을 신었기 때문에, 쉽게 열에 구멍이 나고 만다. 약한 막내- 진이가 그런 모습으로 돌아오면, 나는 피곤한 몸임에도, 막내 아이의 바지에 천을 덧대고, 재봉틀을 돌린다. 꽃 모양이나, 별 모양의 천을 오려 붙여서, 아이의 구멍이 난 바지에 덧붙이는 것이다. 서울로 전학한 큰애가 공부를 곧잘 하여, 서울의 좋은 대학에 들어갔을 때, 나는 우리 동네 입구에 플래카드라도 걸어 놓고 싶은 마음이 굴뚝같았다. 모두가 부러워하는 얼굴로 우리 모자를 바라본다.

"그려! 장하다…! 내는 니가 해낼 줄 알았어."

그 비싼 등록금이 하나도 아깝지 않았다. 공부한다고, 나와 오랫동안 떨어져 있었음에도, 그 아이에게도 따뜻한 말보다는 "장남이니까, 니가 장남이니까, 넌 무조건 잘되어야만 혀…!" 그렇게 말로 다그칠 수밖에 없었다. 늘 아픈 가슴으로만 바라볼 수밖에 없었던 큰아이였다. 그리고 유학 나가서 공부하느라, 따뜻한 엄마의 밥상 한 번 제대로 받지 못한 아이였다. 그것이 한편으로는 마음에 걸리지만, 나는 밑의 동생들을 생각하며, 모질게 마음을 먹었다. '어쩔 수 없는 거여… 잘하겠지! 잘할 거여!'

늘 마음속으로, 염려만 할 수밖에 없었던 큰아이가 이제는 제법 늠름해졌다. 대학을 졸업하고, 큰애가 군대에서 제대하고 집에 돌아왔다. 나는 제대 인사를 하는 큰아이를 안고서, 눈시울을 적시고 만다. 농사일이 바빠서 면회 한 번 못 간 큰아이다. 군에서 받은 담뱃갑을 하나도 안 피우고 모아서 다 가져왔다. 오래도록, 떨어져 지냈음에도, 참 반듯하게 자란 내 아이가 자랑스럽다.

"그려. 그 담배, 외할미랑 이모부랑 외삼촌한테 좀 가져다주고 와라."
"가면서 돼지고기 한 근씩 끊어 가지고 가거라. 잘 다녀왔다고 인사혀고 와~"

나는 다리 춤에 묶어 놓은 바지 주머니에서, 얼마의 돈을 꺼내 큰아이에게 건넨다. 훌쩍 자란 큰아이가 이제 어른이 되어, 너무도 대견스럽다. 다 큰 아들을 바라보는 내 눈에서는 이유도 알지 못할 눈물이 주르르 흐르고 있었다.

이름 없는 들꽃이라도 되어

막내가 중학교 입학 고사를 치렀다

그런데 그 성적이 참담했다. 그간 몸이 약해서, 밖에서 온종일을 놀고 다녀도 전혀 꾸중하지 않은 나의 불찰이기도 했다. 그러나 해도 해도 너무한 성적이다. '전교 꼴찌…?' 그 밑으로 겨우 6명이라니…!! 사백 명쯤 되는 6학년에서 치른 입학 고사에서의 진이의 성적이었다.

"큰애야. 너무 다그치지 말고, 갸가 몸이 약해서 공부 안 해서 그럴낑게. 그래도 사람 구실 할 정도는 맹글어야 안 쓰겠냐…! 니가 잘 좀 가르쳐 봐라…! 부탁헌다."

큰형이 무서운 얼굴로 막내를 부른다. "진이, 너 이리 와 봐! 너 형한테 좀 혼나야겠다." 이백 평 남짓한 마당이 넓은 집(마당에서 자전거를 탈 정도이니….), 그 집 마당에서 진이는 오리걸음으로 빙빙 돌면서, 큰형이 외치는 말을 따라 하며 벌을 서고 있다.

"내가 왜 이럴까…! 난 바보인가…?"
"공부를 잘하자."를 외치면서, 벌써 몇 시간째 벌을 서고 있다. 그러나 나는 잠자코 이 난리를 지켜볼 수밖에 없었다.

큰형의 스파르타식 훈련이 먹히는가 보았다. 큰형을 무서워하는 막내는 아침저녁으로 붙들려 눈을 비벼 가며, 형이 내어 준 과제를 해야만 했다. 그 주어진 과제를 다 못하거나, 형과의 약속을 어기기만 하면, 그 끔찍한 형벌이 항상 기다리고 있었기에…! 다행히 진이는 성적이 몰라보게 달라졌다. 원래, 머리는 좋은 아이였기 때문이다. 형과의 혹독한 여름이 지나고부터는, 전체 400명 중에, 그 애 뒤로 350명은 족히 넘는 듯하다. 이런 아이를 보면서, 나는 이 아이의 장래에 대하여 생각해 본다.

'지가 노력하면 공부도 쪼매 하는 갑다. 내 친정 남동생처럼 서울의 유수 대학에 보내고도 싶다.'

그러나 줄줄이 이어지는 애들의 학교 수업료가 만만치 않다. 그저 농사나 지어라…! 하면, 지금 재산으로도 애들 배는 곯리지 않을 듯한데…! 그러나 나는 결심을 한다.
'그려! 모름지기, 사내는 배워야 혀…! 애들 외삼촌들을 좀 봐! 지들 배웠다고, 못 배운 누나들은 안중에도 없고…! 내 새끼도 그리 만들 거구먼…!'

큰애처럼 서울로 전학을 시켜 볼까 하다가, 아직은 내 품에 두고 싶은 막내라서, 읍내에 사는 애들 고모한테 부탁해 본다. "고모… 고모부 동생이 중학교 교장 선생님이니, 울 막내아들, 교장 선생님 집에 하숙을 좀 칠까 봐요. 고모가 힘 좀 써 봐 주세요. 내 하숙비는 섭섭하지 않게 드리리다…!"

내가 막내를 가까이 놓고 공부시킬 방법은 이 방법밖에 없었다. 동네

이름 없는 들꽃이라도 되어

사람들은 다 혀를 차며 말하곤 했다.

"아니, 이 시골구석에서, 저 사람은 왜 그러지?" 싶을 정도로, 나는 아이들한테만큼은 각별한 정성을 쏟아부었다. 내 손이 거칠어, 손바닥이 갈라지고, 손마디가 아프고 해어지고, 물이 마를 날 없었지만, 애들 커가는 재미에 그 시름을 달랜다고나 할까…! 나는 지금까지 아이들을 한 번도 때려 본 적이 없었다. 품 안에 자식으로만 고이고이 키웠는데, 마침 딸내미에게 선 자리가 들어왔다. 이제 딸내미 나이는 스물셋밖에 되지 않았다.

그런데 동생들 뒷바라지 때문에, 그 아이는 변변한 고등학교조차 보내지 못했다. 나 자신이 그렇게 못 배운 게 한이었는데도, 결국 딸내미에게 똑같이 대물림하고 만 것이다. 신랑과의 나이 차이가 열둘이나 된다고 한다. '이 일을 어찌해야 하나?' 내가 보기에는 꽃다운 딸내미, 엄마 잘못 만나 죽어라…! 고생만 한 내 딸내미가 아닌가? 어느 부모가 열 손 깨물어, 어느 손 하나 아프지 않을까!

그러나, 신랑이 인품이 좋아 보여서, 일손이 뜸해지는 겨울에 혼인시키기로 했다. 큰애는 서울에서 이제 막 직장을 잡아 생활하고 있었고, 아직 두 아들은 한창 공부해야 하는 나이다. 딸내미를 보내 버리면 정말 나 혼자밖에 남지 않는다. 나라고 걱정이 없을 리 없다. 나도 점점 나이가 들어가고 있고, 애들 학비는 점점 더 들어가고 있고, 아직도 할 일은 태산인데…! 나는 이런저런 고민 끝에 큰 결심을 한 것이다. 이제는 정말 혼자다. 혼자서 논농사와 밭농사를 지어야 하는 것이다. 논이라도 적어야지…! 논이 벌써 세 필지로 늘었다. 내가 어찌나 아침부터 분주하게 움직이고, 큰 소리를 내었던지, 우리 동네에서는 나를 '꽹과리'라 불렀다. 자는 아이들을 깨우려면, 마당에 서서, 혹은 텃밭에서, 부엌에서, 내 아이들 이름을 힘차게 부를 수밖에 없었다. 그 소리가 얼마나 큰지, 온 동네에 메아리가 칠 정도였다. 그래서 붙여진 별명이었다. 그런데 이제 그 집에는 나 혼자만 남는다. 큰 소리로 아이들 이름을 부를 일도 없어져 버린다.

그동안, 내 곁에서 살림하며, 나를 도와주던 착한 딸내미는 이제 시집을 가고, 막내와 셋째는 읍내에서 하숙하고 있고, 큰애는 도시에 나가 있다. 이제 덩그러니 혼자만 남아 집을 지키는 신세이다 보니, 혼자서는 먹을 것을 잘 챙겨 먹지도 않는 날이 많았다. 물에 밥을 말아 김치 반찬 하나로 쑥쑥 먹거나, 부엌에 서서 대충 먹는 경우가 다반사였다. 귀한 막내놈은 한 달에 한 번씩 집에 온다. 그래서 이날만큼은 나도 신경을 써서, 밥상을 준비한다. 키우는 닭을 잡아 푹~ 고았고, 달걀에 김을 말아 예쁘게 계란말이를 만들고, 구수한 청국장도 끓이고…, 텃밭의 싱싱한 채소들을 모아 맛나게 겉절이도 만든다. 간혹 막내가 오는 날을 잊어버리기도 하면, 나는 놀라서 "오매. 내 정신 좀 봐라!! 울 막내 오는 날인디…!" 하면서, 하던 일을 다 멈추고 서둘러 집으로 향하곤 하였다. 피붙이가 그녀의 곁에 하나밖에 남아 있지 않았을 뿐만 아니라, 그 아이는 특별히 내가 눈물로 키운 귀한 자식이었기 때문이었다.

엄마의 속도 썩이지 않고, 공부도 곧잘 하며, 제법 잘 성장해 주던 막

　　　　　　　　　이름 없는 들꽃이라도 되어

내 녀석이 요즘 좀 이상하다. 읍내에 하숙을 부쳤더니, 집에서 다니겠다고 조르고, 급기야, 5만 원씩이나 하는 카세트를 사 달라고 난리다.

'아이고!! 이상허다? 야가 안그렸는디….' 더욱이 주말이면 친구한테 놀러 간다고 나가더니, 친구 집에서 잔다고 하면서, 간혹 집에 안 들어오기도 한다.

"이놈, 집에 들어오기만 해 봐라! 내가 다리몽둥이를 확~ 분질러 버릴끼다…!" 이렇게 모질게 생각하다가도, 녀석이 들어오면, 나는 "휴우~" 안도를 하며 반가이 맞는다.

"인제 왔냐? 니, 밥은 먹었냐…?" 이렇게 되어 버린다. 굳게 마음을 먹고, 따끔하게 혼내려고 해도, 마음먹은 대로 되질 않는 것이다. 집에 돌아오면, 나는 먼저 아이의 눈을 살펴본다. 늘 해맑게 웃는 녀석이라, 내가 꼬치꼬치 사정을 캐물을 수도 없고, 막내는 웃으면서, 자기 방으로 쑥 들어가면서, "엄마. 나, 공부하러 들어간다?" 하면 그만이다.

막내, 진이의 사춘기가 시작되다

진이는 집에서 학교에 다니다 보니, 통학버스를 타게 되고 거기서 자연스럽게 한 친구와 친하게 지내는 사이가 되었다. '성민'이란 친구는 면사무소에서 일하는 분의 아들로 꽤 자산가의 아들이다. 더불어 꽤나 자유분방하기도 하다. 오토바이도 타고, 또래의 여자 친구도 있다. 진이가 성민이와 어울리면서, 진이는 성민이네 집에서 자기도 하고, 같이 성민이의 오토바이를 타고, 먼 거리를 다니기도 한다. 성민이가 여자 친구를 만나는 날이면, 진이한테 같이 가자고 한다.

"진아! 나, 오늘 내 여자 친구 만나러 가는데, 우리 같이 가자. 내 여자 친구한테, 지 친구 한 명 더 데리고 나오라고 했어. 하하." 평소 자유분방한 성민이가 나에게 자신 있게 말한다. 이제 진이도 중학생이 되어, 읍내에서 학교에 다니고 있어서, 자연히 여자 친구에 대한 호기심이 커질 나이이다.

그렇다! 중학생이라면, 이젠 여자 친구가 있어야 하는 나이다. 그런데 성민이랑 거길 가려면 수업을 빠져야 한다. 이제 막 사춘기로 접어든, 소년, 진이의

이름 없는 들꽃이라도 되어

고민이 깊어지고 있다.

"그래! 나도 이참에 여자 친구 한번 사귀어 보자…!" 사춘기에 접어든 '진이'는 드디어 일탈을 시작한다.

학교에서 늘 모범생이었던, 진이는 마치 어머니가 써 준 그것처럼 조퇴계를 준비해서, 선생님께 제출하고 일찍 학교를 나섰다. 나름, 신발이며 교복을 최대한 단정하게 준비하고 길을 나섰다. 학교 앞에서는 성민이가 오토바이를 타고서 나를 기다리고 있었다.

"어, 진아~ 얼른 와! 타라!!" 진이를 태운 오토바이가 읍내 중국집 앞에서 멈춘다. 중국집 뒷방 앞에는 여학생 신발 네 짝이 보인다. 진이의 마음이 콩닥콩닥 뛰고 있다. 동시에 숨도 가빠져 오고, 잘 진정이 안 된다. 겨우 친구들과 같이 〈선데이서울〉에 실린 비키니 차림의 여자 배우들 사진을 보며, 히득거린 게 전부인 진이다. 그런데, 오늘! 이성인 여학생을 만난다는 생각에 진이의 다리도 후들거리고, 얼굴은 홍당무처럼 벌겋게 되어 버렸다.

"성민아~ 여기야…!"

저쪽의 여학생이 먼저 성민이가 온 것을 알고 손짓한다. 성민이는 정신이 빠진 듯한 진이의 등짝을 한 대! 두들겨 패면서 "쫄지 마!! 인마~ 가자~"

진이는 이런 중국집이 처음이다. 뭘 시켜야 하는지도 모른다. 야속하게도, 주인으로 보이는 남자가 여유도 주지 않고 말한다. "학생들. 뭘 먹을 겨?? 지금 점심시간잉게, 빨리 시켜. 잉??"

성민이는 자장면을, 다른 여학생들은 짬뽕을 시킨다. 진이도 따라서 짬뽕을 시켰다.

"어… 야는 선자여~ 그리고 야는 선자 친구고…." 선자 친구가 웃으며 말한다.

"반가워!! 난, 시내 사는 성희라고 혀."
"선자야~ 야는 내가 말한 그 공부 잘한다는 진이여…."

성민이의 소개에 뻘쭘해진 진이가 떠듬떠듬 말하기 시작한다.

"나, 진이라고 혀! 만나서 반가워…." 좀 서먹해진 분위기가 조금 흐른다. 성민이가 웃으며 말한다.

"그니까, 오늘부터 진이하고 성희가 친구가 되는 갑다." 우리가 시킨 음식들이 나왔다. 다행히 짬뽕은 집에서 먹어 본 수제비와 비슷해서 먹기에 불편하지 않았다.(진이 엄마는 수제비를 손칼국수처럼, 칼로 반듯이 잘라 만들곤 했다.)

진이는 이런 곳이 낯설고, 이 분위기가 어색해서, 무슨 말을 해야 하는지, 도무지 입도 떨어지지 않고 눈만 멀뚱멀뚱하고 있었다. 진이는 성민이와 선자, 그리고 성희가 떠드는 동안 옆에서 그저 듣고만 있어야 했다. "진아!! 우리 탁구치러 갈까…?"

탁구라면, 하숙하면서 학교에서 틈틈이 운동 삼아 쳤던 그나마, 진이가 잘하는 운동이다.

이름 없는 들꽃이라도 되어

"그래! 탁구 치러 가자…." 대낮에 학교 수업을 땡땡이치고 있는 남학생 둘과 여학생 둘….

이들은 인근 탁구장으로 향했다. 그들은 둘로 편을 가르고 성희와 진이는 한 조가 되어 열심히 움직였다. 성희랑 말도 해 가며, 그 둘은 자연스러운 사이가 되어 가고 있었다. 진이와 성희는 부쩍 가까워진 것 같다. 글을 제법 잘 쓰는 진이는 성희와 편지도 곧잘 주고받았다. 피아노를 잘 치고, 이 층 양옥집에 사는 성희도, 학교에서 모범생이던 착한 진이도, 서로에 대한 이성 간의 감정이 '새봄의 아지랑이'처럼, 스멀스멀 피어오르는 한창때의 '사춘기'였다.

'겨울 여자…'

한참 性에 예민하던 그 시기에, 아주 자유분방한 여자의 이야기 〈겨울 여자〉 영화가 나왔다. 한참 유행이 되던, 이 영화에 대하여 이제 중학교 2학년 사내 녀석들한테도 '봤느냐? 아직도 못 봤느냐?'가 그들에게는 큰 화두였다. 성민이가 물었다. "너, 그거 봤냐?" "인마~ 우리가 그걸 어떻게 봐?" "그러다가 걸리면 반성문도 써야 하고, 잘못하다간 정학인디…?"

"야! 너 그걸 보고 나서, 말혀…! 아주 죽인다…!"

"그 영화말여… 아주 환상이여~ 크크."

궁금해진 진이가 묻는다.

"글면 어떻게 하고서, 극장에 들어가야 하는 거여…?"

"여자애들은 사복 차림으로 오던데?"

"오전 상영은 복장 크게 안 봐! 그냥 들여보내 줘."

"그려? 그게 정말여??" "뭐 검사하는 건 없고?"

"짜샤!! 그냥 막 들여보내 준당께~~"

친구의 이야기를 듣고 있던 성민이가 "진아~ 우리도 이참에 그거나 보러 가자! 내가 선자랑 성희한테도 이야기허께…." 한참 성에 대하여 궁금한 나이가 아닌가…?

〈플레이보이〉 잡지라도 누가 가지고 오면, 학교 전체가 들썩들썩한 그때… 진이도 너무 궁금했다. "그려!! 나도 한 번 보고 싶긴 하다…." "에잇. 모르겠다…! 성희도 온다는데, 가 보자…!"

진이는 이미 결심이 굳혀졌다. 결국 또, 지난번에 한 것처럼, 조퇴계를 제출했다. 극장 앞에 도착한 진이는 긴장 수위가 높아졌다. '아, 걸리면 큰일인디…' 이런 일에 처음인 진이는 조마조마하다!!

이름 없는 들꽃이라도 되어

성민이가 표를 사고, 두근두근하는 맘으로 입장표를 제출했는데, 보지도 않고, 그냥 들여보내 준다. 우리들은 남녀로 사이사이에 앉았다. 가끔 보여 주는 야한 영상을 보노라면, 우리 모두를 긴장하게 만든다. 진이는 곁눈질로 힐끔힐끔, 옆에 앉은 성희를 바라보기도 하는데, 이렇게 불안감에 휩싸여 보는 긴장감이 넘치는 이 '영화 관람'이란…! 그때였다. 성희가 갑자기 진이의 손을 잡았다. "헉!!!" 진이의 무릎 위에서, 그 손을 어디로 움직여야 하는지… 모든 게 갑자기 까맣게 정지되어 버린 진이… 성희에게 잡힌 그의 두 손에는 땀만 흘러내리고, 이렇게 극장 관람이 끝났다. 진이와 성희는 그 이후, 일주일에 두세 번씩, 서로에 대한 그리움을 담아 편지를 주고받고 있다.

==

보고 싶은 성희에게.

오늘도 밤이 깊었습니다. 이 밤, 성희 때문에 잠을 이루지 못하는 밤이 되고 있습니다. 희와 같이하는 시간일 때, 시간이 멈추어 버렸으면 합니다.

희만 생각하면, 내 심장의 박동수가 빨라집니다. 희와 같이 하고 싶은 시간이 더 많아졌으면 합니다. 며칠 전, 불 꺼진 희의 창문을 바라보고 왔었습니다. 창문을 두드리려다가, 발길을 돌렸습니다. (물론 성민이도 함께 있었지요.)

　　희의 방에서 나오는 피아노 소리를 듣고 싶었는데, 그날만큼은 그 피아노 소리가 들리지 않아 무겁게 발걸음을 돌려야 했습니다. 내 마음에는 이미 희가 들어와 있습니다. 그때 봤던 그 영화가 자꾸 생각나네요. 이번에는 〈77번 아가씨〉란 영화가 개봉되었다 합니다. 꼬옥, 같이 보고 싶습니다. 희의 '오케이'란 대답을 기대합니다.

(늘… 희를 생각하는 진이가…)

==

　　그랬다. 진이는 편지로 성희와 약속 장소를 정하고 만나고 있었다. 둘만의 시간은 주로 탁구장이나 빵집, 그리고 이따금 영화관… 또 진이가 사는 동네에 와서, 같이 들판을 걷기도 했다. 성희도 진이가 싫지 않은 모양이라, 더 적극적이었다. 덥석, 진이의 손을 잡는 건, 성희가 항상 먼저였다. 그날은, 진이와 성희… 단둘이서 영화를 보고 있다. 그 둘은 침을 꿀꺽 삼켜 가며, 영화 속에 빠져들고 있었다. 늘 홍당무가 되는 건 진이의 몫이다. '모범생' 같은 진이 모습에 성희는 늘 웃음이 나온다. 자기가 하자고 하는 대로, 착한 진이는 두말없이 따른다.

"진아~ 오늘, 영화 끝나고 너희 집 가자~ 나, 니 방… 함, 보고 싶어…!" 이런 상태를 요즘 말로 심쿵…!!이라 할까? 가슴이 철렁한 진이였다. 순간 자신의 방이 눈앞에 스크린처럼 다가온다. 갑작스러운 그녀의 속삭임에, "응… 알았어!" 그렇게 대답하고 만 진이는, 이내 가슴이 답답해져 온다.

'아!! 어쩌지? 울 엄마가 집에 있으면…?'
'혹시, 단둘이 있을 때 엄마가 들어온다면…? 아프다고 하고 먼저 가 버릴까…?'

진이의 머리가 복잡하다. 그런데, 그녀와 같이 가고 싶은 이유는 또 무엇인가…! 영화에서 야한 장면들이 나왔을 때, '아, 저런 거?' 생각하면서, 진이는 내면의 갈등을 겪고 있다. 시내에서 진이 집까지는, 시내버스로 족히 1시간이나 걸리는 거리에 있다. 거의 종점에 진이 집이 있다. 영화가 끝난 후 시외버스 속에서 성희와 진이는 나란히 앉았다. 둘이는 별말 없이 조용히 버스를 타고, 가는 중이다. 집에 들어가기 전에 진이가 '혹시나 엄마가 돌아와 있을까?' 해서 먼저 들어갔고, 성희는 진이가 부르면 들어가기로 했다. 보통, 엄마는 저녁때쯤 들어오시는걸, 잘 아는 진이는 얼마간의 시간이 남아 있음을 잘 알고 있다.

"이게 네 방이구나…? 어머~~ 이 책을 좀 봐!! 호호호. 이거 니가 다 보는 책이야…? 야아!! 책들 겁나게 많네…!"

그야 큰형, 작은형이 물려준 책들이며, 서울에서 직장 다니는 형이 가끔 보내 주는 문제집이며, 기타 교양서적 등등 해서 보통 시골 학생보다는 진이의 책은 많은 편이었다.

"어머…! 이거 니가 덮고 자는 이불인가 봐…? 어디 들어가 보자!!" 성희는 불쑥 이불 속으로 들어가 버리고, 이내 그 안에 누워 버린다.

"아. 따뜻해…! 내 방은 침대라서 이런 기분이 안 드는데, 너무 따뜻해서 좋다. 너 혼자 여기서 자지? 책상 바로 앞에 창문이 있어서, 멀리 내다볼 수도 있고, 니 방… 참 멋지다. 호호~~ 일루 와서 내 옆에 앉아! 진아!! 우리 쫌만 여기 있다가 같이 들에 가서 걷기로 하자!!"

진이는 쭈뼛쭈뼛 감전되어 머리가 서는 것 같다.

"어… 난 이불 속에 들어갈 땐 옷을 갈아입거든… 너만 거기 있어…!" 진이가 어쩔 줄을 모르고, 당황해하면서, 책상에 앉아서 하는 말이다.

"엄마랑 둘이 사는 거야…? 밤에는 무섭겠다. 마당도 넓고 방도 몇 개는 더 있어 보이던데…?"

"아냐!! 그렇지 않아. 요 바로 밑에 이모가 살고 있고, 개도 몇 마리 키우고 있어서 무섭지 않아." 이불 속에 들어간 성희가 도대체 나올 생각을 안 하고 있다.

'아!! 어쩌자는 거지…?' 진이의 가슴이 두근거린다.

"성희야!! 인자 일어나서 들판 좀 걷자. 너 올라가는 막차 타려면, 서두르는 게 좋겠어…."

"뭐… 막차 놓치면, 나, 여기서 자고 갈래. 호호호 니, 공부하는 모습도 보고, 여기 너무 조용하고 편해서 좋다!! 진아, 너 일루 좀 와 봐…!!"

어디서 그런 용기가 난 건지, 성희는 이런 상황에도 전혀 스스럼이 없다.

"울 동네 뒷산에 굴 있다. 참…! 너 산속에 굴 안 들어가 봤지? 좀 길고 깊은데, 나랑 거기 가 볼까…?" 진이가 집에서 나가려고 이런 제안을 해 본다.

"그려? 그런 게 있었어…?" 성희가 놀라며, 말한다. 두 눈을 동그랗게 뜬 모습이 너무 귀엽다. 진이는 오로지 집에서 빨리 나가고 싶다. 울 엄마가 오시면 난리 날게 뻔하다. 조금이라도 빨리 집에서 벗어나고 싶다. "나만 따라오면 돼." 진이는 용감하게 말한다. 산으로 가는 길은 여러 밭을 건너야 했고 좁은 농로를 지나, 겨우 산 아래에 도착했다. 이곳은 늘 친구들과 놀던 곳이라, 진이가 앞장을 서고, 도시에 살던 성희는, 살금살금 조심스레 뒤를 따라갔다. 한참을 올라가서 굴 앞에 도착한 둘…. "여기가 내가 말한 굴이여. 여기서 친구들과 쌀도 볶아 먹고, 형들은 쌈치기도 하는 곳이여. 하하!!"

굴 입구는 커다랬지만, 그 안으로 깊어질수록 좁혀져 가는 굴이었다. 조금 들어가다가 성희가 멈추었다.

"야!! 나 그만 들어갈래…." 약간씩 어두워지고 있어 불안했던 모양이다.

"끝에 가면, 네모난 넓은 장소가 있는데… 아쉽지만, 그려…! 우리 그만 들어가자!!" 진이가 되돌아보자, 성희가 진이를 바라본다.

"왜 난 니가 좋지? 호호! 우리 계속 좋은 만남을 갖자."

"그려… 나도 니가 좋아!! 그러면, 우리 밖으로 나가자!"

둘은 어두컴컴한 굴 밖으로 나왔다. 이제 차를 태워 보내면, 마음의 짐을 덜 수 있다는 생각에 진이는, 얼른 버스정류장으로 가고 싶다. 거의 하루 종일, 성희랑 보내고 있는 것이다.

"진아…! 우리 영화 봤잖아…? 나도 니한테 한 번 안겨 보고 싶다…!"

심쿵한다!!! 이런…! 진이는 산 주위를 휙~~ 둘러본다. 동서남북… 쿵쿵거리는 가슴을 안고, 이리저리, 혹시나 하는 염려에 보고 또 보고… 그러는 사이, 갑자기 성희가 진이한테 다가와 안겨 버린다. 진이는 어찌할 바를 몰랐다. 뭔가 물컹한 것이 진이의 가슴에 부딪힌 것도 같다. 아!! 눈앞이 깜깜하다.

"야…. 야…. 성희야…!! 잠시만… 이러지 말고, 잠시만 놔 봐!! 응…? 성희야!! 인자 내려가자. 너, 집에 가야 하잖아…?" "그래!! 인자 내려가자…!" 성희는 진이의 손을 꼭 잡는다. 날이 어둑해질 무렵에서야, 겨우 성희가 시내로 향하는 시내버스에 올랐다.

주말이 되어, 성민이와 진이가 오토바이를 타고 시내로 가기로 했다. 성희네 집에 들러 성희도 볼 겸, 둘이는 신나게 시골길을 달렸다. 시내에서 허기진 배를 채우기 위해, 둘이는 작은 분식점에 들렀다. 거기엔 시내 다른 중학교에 다니던 남자아이들 셋이 모여 있었다.

이름 없는 들꽃이라도 되어

"뭐야… 촌뜨기들이 여긴 왜 왔디야~"

"자들 사는 데는 라면도 없잖여. 크크"

"거지새끼들이 라면 먹으려, 여그까지 왔나 보다."

"어… 거지들!! 많이 묵고 가라잉… 크크크"

이 말을 듣고, 진이의 자존심이 상하는 찰나…, 성민이가 험한 얼굴로 욕을 해댔다. "야!!! 이 새끼야…. 니들, 지금 뭐라 했냐…? 나보고 그지 새끼라고…? 그러면 니들은 라면이나 처먹는 돼지 새끼냐…? 니들은 라면밖에 모르지…?? 야… 이 새끼들아! 나는 밥 먹고 산다. 그것도 흰쌀밥…!! 니들 밥은 처먹고 사냐…? 난 라면은 그저 심심풀이라고, 알긋냐…? 빙신들 하고선…! 저 자식들 도시락엔 맨날 꽁보리밥 투성일 게야…!" 큰 목소리로 성민이가 화를 내며, 말한다.

"니, 지금 우리한테 뭔 말 했는가…? 니들 밖에서 나 좀 보자…!!!" 학교에서도 한 성질하는 성민이다. 이런 일엔 물불 안 가린다고나 할까…?

패로 싸움이 붙었다. 사람들이 보이지 않는 곳에서 2:3으로 싸움이 붙었다. 진이와 성민이는 수적으로 밀렸지만, 성민이는 키도 컸고, 아주 날렵한 탓에 그들은 밀리지 않았다. 서로 맞고 때리고, 진이는 상대방의 주먹에 얼굴이 맞아 코피가 터졌다. 피를 본 진이가 폭주한다. 학교에서 배운 태권도(진이네 학교에서는 태권도를 운영했다)로 힘차게, 발차기로 상대방을 쓰러뜨리기도 하고, 넘어진 놈에겐 발길질도 무참히 해댔다. 진이가 입고 있던 옷도 여기저기 뜯어지고 구멍이 생기고, 난리였다.

"니들 오늘 제삿날인 줄 알아…! 다 듀거써…!!" 오기가 날 대로 난 진이가 난리를 치고 있었다. 저 멀리서 어른들이 쌈질하는 아이들을 본 모양이다. 뛰어와서 쌈을 말리고 코피를 흘리는 진이에게는 응급 처방을 해 주었다. 싸우는 통에 오토바이도 좀 부서지고, 그 둘은 물골이 말이 아니다. 이대로 집에 들어갈 순 없다. 진이가 시내에서 양복집을 운영하는 사촌 누나한테 들어갔다.

"누나… 나 진이예요."

"어머, 너… 왜 그러냐…? 너 싸웠냐…?" 깜짝 놀라며, 사촌 누나가 말한다.

"아냐!! 오토바이 타다가 넘어졌어요."

"오토바이 수리하는데 돈이 좀 필요해요. 글구 내 바지 뜯어졌는데, 이것 좀 누나가 수리 좀 해 주라…!!"

"얼릉 그 옷, 벗어라!! 작은 엄니 알면, 너 큰일 나긋다…!!" 옷을 수선하고 약간의 돈을 받아 쥐고서, 터덜터덜… 패잔병처럼, 집으로 향하는 진이다!!

이름 없는 들꽃이라도 되어

어린 막내와의 갈등

　내가 막내의 이런 사정을 알 턱이 없다. 요즘 진이는 카세트에서 매일 씨부렁 씨부렁거리는 노래만 듣고 있고, 나는 그것도 공부다… 싶었다. 그런데, 시내에 살고 있는 조카한테 전화가 왔다.

　"작은 엄미~ 진이가 오토바이 탓으요? 야가 바지 가지랭이는 다 찌져 먹고, 무릎에 피도 나고요. 오토바이 수리한다꼬, 돈도 달라고 하고…! 달라는 돈을요!! 내가 주긴 했지만, 작은 엄마가 진이…, 갸가 요즈음, 참 수상헝께로 잘 봐야 쓰겁디다."

　나와 조카 사이지만, 사실… 나이 차이는 거의 없었다. 내가 13남매

중에 막내며느리였으니….

"예에?? 뭐라꼬요…? 우리 진이가 오토바이를 탔다꼬요…? 글구 돈도 빌려 갔다꼬요…?"

"예에, 작은 엄미…! 아마도 싸운거 가티요. 갸 코피 흘린 자국도 있었으요. 중학교 애들이 오도바이 타능 거 이상험다…!"

"갸 지금 어디 있대요?" "내가 얼룽 집으로 가라 혔으요…."

"이눔의 자식…. 들어오기만 해 봐라." 나는 회초리도 단단히 준비해 두었다. 한 번도 때려 보지 않은 자식이지만, 조카한테 이런저런 이야기를 듣고 보니, 울화가 치밀어 올랐다.

"허란 공부는 안 하고, 카세트 사 달라고 허든이, 니가 오토바이 타고 댕겨…!!"

늦은 밤, 막내가 낌새를 알아차린 듯, 주춤거리며 기가 죽은 모양새로 집 안으로 들어오고 있다.

"너 일루 와 봐라. 시내 사는 누나한테 다 들어따. 속히 말해 봐라. 싸질러 다닝게 뭔 일인지…?"

막내는 말이 없다. 나한테 단단히 맞을 각오만 하는 듯하다.

"너, 말이다!! 니, 큰형한테 가그라~ 난 너하곤 못 살굿다. 니, 아비 없는 자슥이라고 말 안 듣게 할라꼬… 내 가슴 찢어지도록 노력했는디, 다 소용없어져따!! 긍게 책 싸서 너 큰형한테 보내마!! 그리 알아라…!"

"안댜요. 안 갈래요. 난 엄마랑 함께 살래요."

우리 착한 막내 눈에선 뚝뚝~~ 눈물이 떨어지고 있었다. 어려서부터 엄마만 찾았던 아이였다. 나는 안 봐도 이 아이의 맘을 다 알고 있지만, 그렇게 할 수밖에 없다!! 나는 초강수를 두고 있었다.

"니, 사람 만들려고 한다. 니도 형처럼 반듯한 회사에 다니려면, 대학도 가야 허는디, 이라 뿌리면, 어디 고등학교나 가겠냐…! 긍게 넌 큰형한티 가~"

나 역시 마음에 없는 말을 쏟아 내고 있었다. 이렇게 말하는 내 속도 터질 듯이 쓰라리지만, 막내를 사람 만들어, 대학에 보내려니, 이렇게 말할 수밖에 없었다.

"엄마. 엄마가 혼자 사는 것, 나 시러요. 가려면 엄마도 같이 가요. 엄마 안 가면 저도 안 갈래요. 못 가요!!"

"그려 …! 같이 가서 다 같이 죽자!! 여그 농사는 누가 짓고 이 밭떼기는 어찌할 것이여~~ 누구 하나, 손 꼼지락 안 하면 밥이 나온다냐…? 그려…우리 밥도 먹지 말고 다 죽자!! 알것냐…?"

"그니까, 내가 서울에 안 간다고요! 여기서 공부 잘해서, 고등학교 가고 좋은 대학에도 갈고만이라구요."

"니, 지금 일케 해선 택도 읍따!! 니 머리빡엔 오도바이하고, 노는 걸로만 가득 차 있는데, 니가 무슨 고등학교야…? 그려… 너 여기 있겠다면은, 나랑 농사나 짓자!! 글면 쓰것다. 시내의 ○○고등학교 시험을 쳐서 떨어지면, 막내… 넌 나랑 농사나 짓자. 알겠찌…? 니, 저그 외갓집에서 머슴 사는 사람 알지?? 너 딱 그거다. 이참에 중학교도 때려치우는 건 어쩌고? 카세트도 내가 때려 부수고 만다. 어딧나??? 이놈의 카세트…!!!"

나는 불같이 화를 내었다. 사랑하는 내 자식에게 이런 모습을 보이는 것은 처음이다. 진이는 이런 내 모습이 무섭기도 하겠지만, 내 눈 속에 어룽어룽 비치는 눈물에 어린 막내는 더 마음이 아팠을 것이다.
막내가 울먹이면서, 나를 보며 간절하게 애원한다.

"엄마…. 그러지 마라!! 내가 공부하께…! 엄마가 이야기하는 고등학교에 들어가께…! 그니까 울지 마셔유…? 예에?? 제발요…!!"

"니, 엄마하고 약속혀라. 니 고등학교 떨어지면, 여기서 엄미랑 농사 짓는 거다. 알겠지…?"

이름 없는 들꽃이라도 되어

울 막내가 다시 공부를 시작한 것 같다

참 다행스럽다. 이 난리를 겪고 나서야, 울 막내가 다시 마음을 잡은 것 같다. 새벽 두 시를 넘겨도 아이의 방에는 불이 꺼지지 않는다. 나는 깜깜한 밤하늘에 밝게 떠 있는 별들을 보며, 우리 막내를 위해 빌고, 또 빌었다. '우리 막내도 이렇게 별처럼 빛나게 해 주서유…!!'

내 두 손을 모아 간절히 비는데, 내 두 눈시울이 금세 축축이 젖어 오곤 한다. '내 안에는 무슨 눈물이 이리도 많을까나…? 흘려도, 흘려도 줄어들지 않네. 그려…!!'

체력이 약한 아이라서 하나라도 더 챙겨 주고 싶다. 중학교에선 야간 자습을 한답시고, 집에 오면 열 시가 넘는다. 막내는 언제부터인지 도시락도 두 개를 싸 달라고 했다. 하나는 점심이고, 또 하나는 저녁인 셈이다. 책가방에 얼마나 많은 책을 가지고 가는지, 배낭도 짊어지고 간다. 내가 해 줄 수 있는 것이라고는 집에서 기르는 닭밖에 없다. 다행히 반찬 투정은 안 하는 아이라서, 정성스럽게 달걀부침을 도시락 밑에 깔아 주는 것과, 김칫국물 새지 않도록 '맥스웰 커피 병'에 김치를 담아 주는 것 외엔…!

어떤 여자아이가 진이를 찾아온 모양이다. 고만(친척 이모)이네 둘째가 우리 집 담 밑에서 기웃기웃하는 여자아이를 본 모양이다.

"지금 진이는 집에 있긴 한데, 누구지?"

"저…. 사귀는 여자…. 친구. 인디요~"

"그럼, 그냥 가~ 이모네 집에서 동생 때문에 한바탕 난리가 났었어. 어여… 가 보더라구…."

"근데요…! 제가 가지고 온 것만, 진이한테 전달해 주면 안 되나요?"
그것은 영화 포스터였다. 진이는 우표 수집과 영화 포스터를 모으고 있었다. 그 말을 들은 진이의 여자 친구는 자기가 모으던 영화 포스터를 들고 온 것이었다.

"그건, 내가 전달해 줄게…. 그리고 여긴 오지 않았으면 해…!"

진이의 이종사촌 형님이 여자 친구를 그리 보냈고, 한참 지난 다음에야 진이는 그 포스터를 받았다. 진이가 성희에게 편지를 쓴다. 마음을 담아서, 성희의 마음이 상하지 않도록 성의껏 써 본다.

===

보고 싶은 친구, 희야….

너를 만나기 위해 성민이 오토바이를 타고 시내에 나간 날!!
시내에서 xx중학교 애들이랑 큰 싸움이 있었어…!

이름 없는 들꽃이라도 되어

양복점 사촌 누나한테 내 옷 수선을 부탁하고

오토바이 수리하려고, 돈 좀 빌렸는데 우리 엄마가 아셨어.

누나가 다 말했나 봐…! 엄마는 고등학교 들어가지 않으면 나보고 농사나 지으래.

엄마가 막 울고…, 난리가 났었지. 그래서 지금은 공부해야겠어.

희를 만나는 동안 가끔 조퇴해서, 지금 수학은 뭐가 뭔지 모르겠어…! 우선은 엄마가 원하는 고등학교에 가고 싶어.

당분간은 너 보고 싶어도 못 볼 거 같다.

고등학교 입학 고사까지, 한 일 년 남았으니 열심히 공부해 볼란다. 건강하게 지내다가 다시 만나자!!

(너의 친구, 진이가…)

===

　이 편지를 보낸 뒤, 성희한테는 통 편지가 오지 않았다. 이 편지가 마지막이 될 줄이야…!! 진이의 풋사랑이라면 풋사랑이, 이렇게 설익은 과일처럼 아쉽게 끝나고 말았다. 감수성이 예민한 여자 친구는 이 편지를 '이별 편지'로 생각한 모양이었다. 진이가 편지에다 고등학교 입학 때까지 자기를 기다려 달라는 이야기를 안 한 모양이다.

　계절은 다시 늦가을이 되었다. 온 세상이 가을 햇살을 받아, 황금빛으로 아름답게 변하고, 가을 들판은 이제 알알이 무르익은 곡식들이 추수하려는 농부

의 손길을 기다리며,

아름답게 가을빛으로 누렇게 익어 가고 있었다. 시골의 추수를 앞둔 이때가,

가장 아름답고, 고즈넉한 가을 풍경이다.

집집마다, 한참 추수로 바쁜 시기에 선생님이 진이네 집을 방문하였다. 이른바 우수 학생을 지역 고등학교에 배치하여 학교의 레벨을 올리려 하는 지방 고등학교의 야심에 찬 움직임 때문에 직접 집으로 오신 것이다. 그 정도로 진이는 성적이 날이 갈수록 좋아지고 있었다.

"진이 어머님… 안녕하세요? ㅁㅁ고등학교 선생입니다. 우리 고등학

이름 없는 들꽃이라도 되어

교에서는 1학년 때부터 기숙사 생활로 아이들을, 잘 공부시킬 수 있습니다. 진이 실력이면 사실, 시내에서 젤 좋지 않은 학교로 떨어질 가능성이 있습니다. 일반 고등학교는 통합 고사를 실시하여, 좋은 학생을 우선적으로 나쁜 학교에 자동 배치되고 있기 때문이죠!! 이 학교에서, 아이들이 자칫 삐뚤어질 수도 있고 하니, 우리 학교에 보내 주시면, 저희가 정성껏 가르쳐 보겠습니다. 어머님!! 꼭 한번, 우리 학교 진학을 생각해 보시지요!!"

선생님이라면 무조건 신뢰하는 나에게, 선생님이 특별히 찾아오셔서, 부탁하다니…! 더욱이 지난번 오토바이 사건도 있어서 나는 오히려, 기숙사 생활이 잘됐다…! 싶었다. 나는 두말할 것도 없이 선생님의 손을 잡고 부탁을 드렸다.

"그려요. 선상님!! 잘 부탁드려요. 우리 애, 꼭 좋은 대학 갈 수 있도록 갸, 좀 잘 봐주세요…!"

"어머님. 걱정하지 마셔요. 진이가 공부를 잘해서 특별히 삐뚤어지지 않음, 서울로 대학 갈 수 있습니다."

"그려요…?? 참말이어요…? 아무튼, 선생님만 믿겠습니다."

열심히 고교 시험을 준비해 온 진이한테는 김빠지는 일이었지만, 엄마가 선생님과 한 약속으로 진이는 지방의 사립 고등학교에 입학하게 되었다.

고등학교에 입학한 진이…

　진이가 입학한 곳은, 고향 바로 옆 지방의 사립 고등학교여서, 학교의 수업이나 친구들이나, 별문제가 없이 잘 적응하는 것 같았다. 그동안에 해 놓은 공부가 있어서, 수업을 따라가기도 수월했고, 다들 진이를 좋아하고, 선생님들도 진이에게 관심을 두고, 잘 봐주신다. 학교 공부가 수월하니, 모든 게 문제가 없이 잘 지나간다. 어느 날, 진이는 갑자기 교회에 가고 싶어졌다. 누가 교회에 나오라고 하지도 않았다. 교회는 초등학교 때 엄마 따라 잠시 잠깐 다녔던 게 전부였다. 헌금으로 주는 돈을 받아서, 과자 사 먹는 재미로 말이다. 그런데, 혼자서 교회를 나간다는 것이다. 고등 학생예배는 토요일 저녁이었다. 갑자기 교회에 나타난 진이를 보고, 다들 놀라는 표정이다.

　"야~ 진이야!! 어언 일이냐? 니가 여길 나오고…??" 학생부 회장은 여자 동창생이 맡고 있었다. 그 친구는 초등학교 때, 꽤나 공부를 잘하던 아이였다.

　"야~ 진이가 왔으니 진이를 전도부장 시키고, 우리 중·고등부 활성화 좀 시켜 보자…!"

　"진이야!! 너 전도부장 좀, 맡아 주라!! 너라면 잘할 수 있을 것 같아!

내가 전도사님께 말해 놓을게…!"

　일사천리도 이런 일사천리가 없다. 진이의 생각은 고려하지도 않고, 지들끼리 결정하고 박수 치고, 그래서 진이는 엉겁결에 '전도부장'이라는 감투를 쓰고 말았다. 그도 그럴 것이, 나오는 학생 수도 많지 않았고, 초등학교 동창생이 거의 다였기 때문이다. '교회 나간 첫날에 갑자기 전도부장은 또 뭐람…'

　떠밀려 맡게 된 전도부장…, 다행히 시골의 고등학교지만, 진이가 공부 잘하는 학생이란 건 친구들의 입을 통하여 금세 퍼져 나가고, 그런 소문 덕에 진이가 "너. 교회 좀 나와라…!" 하면 친구들이 잘도 따라 나왔다. 어느새 중·고등학교 부가 60여 명이 되고, 그해 겨울에는 120명을 넘기고 있었다. 일종의 피라미드이다. 누구 한 명이 나오면 그 친구가 나오고, 또 그 친구가 나오고, 이제 자리가 차고 넘치기도 하고, 급속히 늘은 숫자만큼, 그에 따른 부작용도 생겨나기 시작했다. 교회에서 담배를 피우는 아이들도 있고, 진이에게 사귀자며, 다가서는 여자 후배들도 생기고… 전도부장을 맡은 진이는 토요일 저녁부터 일요일 늦게까지 거의 교회에 살다시피 했다. 토요일에 학생예배를 드리고, 심야 밤샘 기도를 하고… 잠시 잠깐 교회에서 눈을 붙이고, 다시 일어나 새벽예배와 대예배를 드린 후, 전도하러 다녔으며, 저녁 예배가 끝나야 집에 돌아왔다.

　물론 나, 역시도 새벽기도에 나간다. 그러나 나의 기도는 단순하다.

"오직 우리 아이들 앞길을 창창하게 열어 달라."라는, 어쩌면 기복을 원하는 기도밖에 할 수가 없었다. 그것이 아무것도 배운 것이 없어서, 그저 내가 할 수 있는 최선이었기 때문이었다. 교회에서는 기도밖에 달리 할 게 아무것도 없었다. 대예배를 마치면 나, 역시 집으로 돌아간다. 일요일이라고, 특별히 쉬는 날이 없다. 늘 일손이 부족해서, 호미를 들고 밭에 가거나, 그동안에 밀린 집안일을 하기에도 바쁘다.

이름 없는 들꽃이라도 되어

거친 물살에 휩쓸리며…

어느 날, 나는 늘 하던 논일이나 밭일이 아닌, 바다로 조개를 캐기 위해 나섰다. 다들 바다에서 꼬막을 캐서 짭짤한 수입을 올리고 있다고 들어서, 나 역시 바다로 나가게 된 계기가 되었다. 바닷일에 대해서 아무것도 모르는 초보자는, 사리 때 바닷물의 움직임이 엄청 빨라서, 아주 조심을 해야 한다. 바닷일이나 바닷물의 움직임에 대해서 거의 상식이 없었던 나는 그만 물고랑에서 그 거센 사리 물살에 휘말리고 말았다.

"오메!!!!" 하는 순간, 나의 작은 체구는 갑자기 나를 휘감은 사리 물빨 속으로 빨려 들어갔으며, 내 몸은 붕 뜨는가…! 싶더니, 이내 거센 바닷물이 내 몸을 둘둘~~ 말아, 내 작은 몸을 뒹굴뒹굴 끌고 내려가고 있었다. 작은 몸은 내동댕이쳐지고, 거기서 기어 나오려 애를 써도, 거센 바다 물살의 힘은 나를 점점 깊은 바다 쪽으로 굴리며 갈 뿐이었다. 나는 당황하기 시작했고, '아. 이대로 죽는가…?' 싶어지자, 거기에서 빠져나오려고, 안간힘을 써 보고 있었다.

"내 새끼들… 내가 읎으면, 으쩐다냐…!!"

거센 물살에 떠내려가면서, 내 눈앞엔 작은 아이들이 보이기 시작했다. "안 되는디…! 내가 이래서는 안 되는디…!!!" 죽을힘을 다해 봐도, 내 힘으로는 그곳을 빠져나올 수가 없다. 점점 힘이 빠지는 것 같다.

"아~ 내가 여그서 죽는가 보다…!!" 내 의지와 관계없이 나의 작은 체구는 사리 바다의 힘에 억눌려, 물속에서 이리 굴리고, 저리 굴리고 자꾸 떠밀려 내려가고 있다. 아!! 내 몸이 어디엔가 세게 부딪치는가도 싶다. 허리가 아파 오고, 내 몸은 고꾸라지고, 얼굴은 펄 바탕에 스치기도 한다.

"엄니…! 날 좀 살려 봐요. 하나님…! 저, 좀 살려 주세요…! 울 애기들 봐서라도 좀…." 이내 짜디짠 바닷물이 내 목으로 넘어오고 있다.

"나, 여기서 허망하게 죽을 수는 없어…!" 물속에 떠내려가는 중에도, 눈물이 고이고, 결코 놓아서는 안 될 생명의 끈을 잡고 싶었다. 얼마나 많은 바닷물을 마셨는지 모른다. 펄이 입속에 지근지근 씹히는 듯, 살려 달라고 입을 여는 순간…!!! 또 바닷물이 이내 입안을 점령하고 만다.

"아…! 안 되는디…!!! 이리 갈 수는 없는디…!"

얼마나 물속에서 끌려가며 나뒹굴었는지, 이제 나의 기억이 희미해져 간다. 마지막으로 내 아이들의 웃는 모습이 보인다. "아…! 끝난능가 보다! 어쩐다냐. 울 애기들아…!!!"
이제 이렇게 세상의 끈을 놔야 하나 보다. "진이 아부지…!! 날 거기루

이름 없는 들꽃이라도 되어

델꼬 가는 게 조아유…? 당신 아들, 딸들… 엄니 없는 자슥들로 만들께 조아유…? 그려유!! 나두 당신 땜에 힘들구만유…!!"

너무 많은 과거의 영상들이 한순간에 떠오르고, 내 아이들의 초롱초롱한 얼굴들이 보인다. 울 막내 아이의 모습이 내 머릿속에 환하게 떠올랐다. "아가야~ 우리 아가야~ 불쌍한 우리 아가야~~" 막둥이 아들은 특히나 걱정된다.

"이 못난 어미를 용서하그라…!!" 하지만 그래도 살아야겠다는 생각과 그래야만 한다는 생각이 겹쳐 온다.
"엄니 아부지…!! 제발 절 살려 좀 봐요. 제발 좀… 하나님 아부지, 절 버리지 마세요…. 내가 아직은 할 일이 남아 있당게유….".

그러나 내 몸은 물살에 휩쓸려 계속 내동댕이쳐지고 있었다. 또다시 때굴때굴 이리 치이고 저리 굴려지고, 자신의 힘으로는 도저히 어쩔 수 없는 힘에 눌려 있다. 나의 작은 몸짓으로는 의미 없는 반항이었다.

이때다!!! 갑자기 머리가 휙 올라가는 느낌이 들었다. 내가 물살에 휘말리자, 그쪽으로 쏜살같이 달려가는 사람이 있었다. 이 남자는 죽자 살자 달렸다. 이내 다른 남정네들도 그 뒤를 따르고 있었다. 내 곁에 다다르자, 그 사내는 나의 머리채를 잡고, 힘껏 잡아 올렸다. 그러나 워낙 강한 물살 탓에 나는 다시 내동댕이쳐지고 말았다. 그 사내들이 있는 힘껏 그녀를 다시 걷어 올리자, 다행히도 내 몸이 수면으로 떠올랐다. 더 이상

떠밀려 가진 않았다. 그러나 워낙 강한 물살이라 꺼내기가 쉽지 않았다. 우선 숨을 쉴 수 있도록, 머리는 하늘을 향해 끌어올리고, 더 끌려가지 않도록 수로 주변으로 끌고, 당기고, 다시 끌고, 당기기를 반복했다. 이내 도착한 다른 사람들도 모두 힘을 합했다. 조금씩 조금씩……. 내 몸이 수로 주변으로 이끌리고 있었다.

내가 눈을 뜬 건 배 위에서였다. 내 주위에 여러 사람이 보이고, "징기떡(징기댁), 나 알아보던가…?" "자네, 내가 누군지 알아보던가?" 걱정스러운 얼굴을 한 아낙네들이 내 눈 속에 들어왔다.

"여그 자네 동상이여… 야는 알아볼 수 있능가…?" 갑작스러운 일로 사람은 "워매… 우짠다냐… 우짠다냐…." 소리를 질러 대고, 그나마 배 위에서 그걸 본 사내가 열심히 내 쪽으로 뛰어간 덕에, 나는 구사일생

이름 없는 들꽃이라도 되어

으로 구해질 수가 있었다.

　나는 아무것도 생각이 안 난다. 몸이 춥고 떨리고… 눈앞이 잘 보이지도 않는다. 내 눈물이, 그 많은 눈물이 나의 눈을 가득히 덮고 있었기 때문이다.

　"고만아(친척 여동생)…! 이 야그, 절대 입에 내서는 안 된다. 알긋냐…?"

　"나, 그래도 바다에 다시 나와야 하는 거 알지…?"

　그러나, 이 일에 대한 나의 입장은 단호했고, 주변 사람에게조차 입단속을 단단히 시켰다. 내가 이 사건에 대하여 입을 연건, 칠순을 한참 넘기고였으니, 내 자식들의 걱정거리를 만들고 싶지 않았음이었다. 나는 그런 모진 일을 겪고도, 언제 그런 일이 있었냐는 듯이 다시 꼬막을 캐러 나간다. 간혹 물때가 새벽에 맞추어지면, 진이가 잠자고 있는 시간에 배를 타러 나가기도 하고, 진이가 학교에서 돌아올 시간이면, 막내가 이 엄니를 위해 마중 나왔으면 하는 바람도 가져 본다. 진이도 엄마가 고생한다는 것을 잘 알고 있다. 가끔은 엄마 혼자서 꼬막을 까고 있을 때는, 진이가 거들기도 한다. 밤늦게까지 한 소쿠리에 가득한 꼬막을 나누어 까면서, 서로 아무 말 안 해도 뜨거운 가족의 정이 흐르는 공간이 되기도 한다. 때로 막내, 진이가 서툴러서 손가락을 다치기도 한다. 뾰족한 칼날이 손가락에 들어와, 피가 나기도 한다.

　"거 봐라. 너 그만하고 공부나 하라고 했지…?"

"아냐. 엄마도 찔렸잖아!!! 근데 찔린 곳만 계속 찔리니까 아프긴 하다. 하하!! 엄니도 조심해…!!"

그 조그만 꼬막을 까다 보면, 서툰 두 사람이 까다 보니 두세 시간이 훌쩍 지나가 버린다. 어쩌다 일을 마치면, 나는 허리를 펴기가 쉽지 않다. "아이고~" 소리가 절로 나온다.
"엄니, 힘들지…?? 내가 엄마 허리 좀 밟아 줄까…??"
"아서라 이놈아!! 손 씻고 언릉 자…!!"

서로를 위하는 모자간의 대화가 애틋하고, 정겹다. 진이는 한 소쿠리에 가득한 꼬막을 들어 봐서 그 무게가 얼마나 무거운지 안다. 그런데 몸도 작은 엄마는 그걸 머리에 이고 집으로 오신다. 지게를 배워야겠다는 생각으로, 진이는 아래에 살고 계시는 이모부님께 지게를 하나 만들어 달라고 부탁한다. 학교에서 일찍 오는 날은 그리 많지 않지만, 토요일이나 일요일, 혹시 엄마가 바다에 나가시면, 그 꼬막을 받아 올 생각을 하고 있다. 처음 지게로 받아 본 엄마의 꼬막 짐! 아직 어려서, 어깨가 벌어지지 않은 진이는 무거운 꼬막 짐이 너무나도 아팠다. 엄마 머리 위에 올려진 꼬막 짐의 반도 안 되는데, 왜 이리 아픈지…! 그 꼬막 짐은 아직 어린 진이의 작은 어깨가 빠져나갈 듯이 아프다.

"내가 힘들어도, 울 엄마의 머리가 가벼워진다면야…!" 진이가 여러 번의 지게를 지다 보니, 일어나는 방법도 알게 되고, 균형을 잘 잡아야 어깨가 덜 아픈 것도 터득하게 되었다. 더 좋은 방법은 손수레를 사용하

이름 없는 들꽃이라도 되어

는 것이었다. 엄마가 가끔 걸어서 나오는 곳으로 갈 때를 빼곤, 동네 사람들 짐도 실을 수 있고 해서 손수레를 사용하게 되었다. "징기떽…!! 쟈가 그렇게 공부를 잘한다면서…?"

미선이 아빠가 학교 운영위원이라 학교에 갔는데, 진이 성적이 궁금해서 물어본 모양이다.

"진이 쟈가, 미선이 동생을 교회 델꼬 다니지 않능가…?"

미선이 아빠가 교회 가질 말라고 해도 말을 안 들어서, 찜찜하던 차에 진이 성적표를 본 모양이다.

"진이 쟈. 미선이 아빠가 우리 집으로 델꼬 오라고 혀드라고…."

"진이야~ 너 오늘 밥 먹고 울 집에 함 와라잉…!! 니, 알긋지??"

진이는 학교에서도 열심이었고, 교회 활동도 열심이었다. 내신으로만 보면 '탑 클래스'를 항상 유지하고 있었다. 진이네 집은 후배 여학생들의 독차지였다. 모든 문을 열어 놓고 다니던 탓에, 가을이면 수확한 고구마를 안방 위쪽에 수수깡을 묶어 틀을 만들고, 그 속에 고구마를 보관하곤 했다. 후배 여자아이들은 교회에서 나에게 와서 "집에 가서 고구마 좀 쪄 먹어도 되나?"고 물어봤고, 나는 "그려! 가서 쪄 먹어도 돼…!" 그렇게 대답을 했기 때문이었다. 그 아이들은 매주 우리 집으로 향했다. 사실 고구마보다는 진이의 공부방을 염탐하고 싶은 호기심 많은 여학생의 심리였으리라…!

진이 오빠 방을 구경한 여자 후배들은, 진이의 방이 얼마나 단정한지

놀라기 일쑤다. 시골에서 그렇게 깨끗하고, 책꽂이도 삼 단 장으로 많은 책이 꽂혀 있었고, 가끔 때 지난 자기 학년의 자습서를 가져가기도 했다. 그것마저도 마치 새 책 같았다. 후배를 교회에 전도한 죗값으로, 진이는 미선이 동생을 가르쳐야 했다. 수학이며 영어며… 가끔은 진이한테 관심을 가진 여자 후배들이 수학 문제를 들고 교회로 찾아오는 일도 있다. 그럴 때마다 진이는 책갈피 하나씩을 꽂아 준다. 물론 한자로 된 것이다. 후배 여학생들은 진이가 꽂아 둔 한자 성어 책갈피의 뜻을 알고자, 학교 선생님께 물어보는 듯하다. 일부는 그 뜻을 알고 "재수 없다…."라고 표현하거나, 실망했다고 표현을 해 왔다. 그러거나 말거나 진이는 여자 후배한테는 전혀 관심이 없었다. 진이가 사용하는 책갈피는 서점에서 책을 사면서 몇 개씩 얻어와 사용했는데…, 당시 많이 사용했던 사자성어는 다음과 같았다. 그 뜻은 다음과 같다.

- 강목수생(剛木水生): 억지를 부리고 강요한다는 뜻
- 경조부박(輕佻浮薄): 마음이 침착하지 못하고 행동이 신중하지 못함
- 일념통천(一念通天): 온마음으로 정성을 다해 노력하면 그 뜻이 하늘로 통해 어떤 일이든 성취된다
- 일이관지(一以貫之): 인내와 끈기를 갖고 하나의 목표를 향해 일관되게 나아가는 것을 의미함

어느새, 진이의 고등학교 1학년 겨울이 빠르게 지나가고 있었다. 방학 동안에 내내 책상 앞에 앉아, 공부하는 막내를 보고 있자니, 기특하

이름 없는 들꽃이라도 되어

기도 하고, 안쓰럽기도 하다. 이때, 나의 머릿속을 스치고 가는 말이 생각났다. '맹모삼천지교'란 단어인데, 언젠가 목사님 설교에 나왔던 말이었다.

'울 똑똑한 막내둥이, 애 이거 이러다가, 시골뜨기 만드능 거 아닌지 모르겠네…!' 나는 얼른 돌아앉아, 서울에 있는 큰애한테 급히 전화한다.

"나다. 애미여~ 울 진이 말이다. 여그서 공부는 좀 하는 것 같은디, 아무래도 전학을 보내고 싶다. 갸가 내가 꼬막을 까면 꼬막 까는 거 거들고, 밭일 가면 밭에 따라오고, 교회에 빠져서 주말이면 아예 교회에서 산다. 애미 도우려고 하는 맘, 알것지만, 갸가 공부해야 하는디, 아무래도 안 되것다. 겨울 방학이니께, 거기로 전학을 시키자!! 내 진이 꺼, 갸가 먹을 만큼 너한테 보내마…!! 우리 그리하자…!!"

막내, 진이를 서울로 전학을 시키고…

큰애가 주말을 맞아 고향으로 내려왔다. 큰형이 진이를 부른다. "진이야, 니 성적표 어디에 있냐? 어디 우리 막내, 얼마나 공부 좀 하는지, 형이 좀 보자……. 음!! 학교 성적은 좋네! 그런데 모의고사 성적은 어찌 갈수록 떨어진다냐…?"

"서울 애들은 모의고사에 집중하거든? 대학 입시는 모의고사 성적에 비례한다고 생각해야 혀. 니가 다니는 학교에서 계속 배운다면, 넌 학년이 올라갈수록 더 처질 수밖에 없어. 그래서 말인데, 형이랑 한 이 년 같이 살자…! 서울로 전학도 하고, 처음엔 적응하기 힘들겠지만, 형이 다 알아서 할게! 지금이 방학이니, 딱 좋아…!!"

그리고는 일체, 전학 사실을 상의한 것을 모르는 체하며, 어머니께 말한다. "어머니! 진이 전학시켜요. 제가 사는 곳에 좋은 고등학교 있어요. 그 학교에선 좋은 대학에 학생들을 많이 보내거든요."

"진아~ 니 형 말대로 하그라!! 엄만 니 잘되는 것 보고 싶구먼!! 엄미도 니 보러 가끔 올라가마. 혼자 있을 엄미는 걱정하지 말고…? 큰애야, 나하고 내일 같이 진이 학교에 전학 밟으러 가자~"

나는 늘 하듯이 일사천리로 계획하고, 이 모든 것을 하루아침에 실행에 옮긴다. 진이는 이게 무슨 소리인가…? 싶어, 큰 눈만 껌뻑거린다. '모든 상황을 보아하니, 이건 이미 결정이 난 것 같구나! 엄마가 날 설득하고 있다.' 눈치 빠른 진이는 이미 내 계획을 알아채고, 이에 대한 자기 생각은 포기한 듯하다.

"엄미!! 학기 시작하기 전에 진도도 맞추어야 하고, 이왕 생각하셨다니 서둘러 전학시켜요. 그래야 따라갈 수 있습니다."

어머니의 계획에 따라, 모든 일이 일사천리로 진행되었다. 그래서, 고향에서 제대로 인사도 못 하고, 주변 정리도 못 한 채로, 진이는 결국 서둘러 형님과 함께 서울로 전학을 왔다.

진이의 새로운 서울살이가 시작되었다

시골에서 자라던 진이가 갑자기 시골에서 서울에 오고 나니, 모든 게 어리 둥절하고, 서울은 정말 복잡하고 큰 도시였다. 시골에서 태어나 자란 진이에게 는 서울의 모든 것이 문화적인 큰 충격이었다.

"진이야. 너 학교의 전학 신청이 완료되었으니, 지금부터는 서울 애들 따라 가려면 교과 공부를 해야 해…! 선행학습도 중요한데, 서울에서는 다 그렇게 하거든…. 아직 개학하려면 한 달은 남았으니까 학원에 좀 다니고, 저녁엔 가 정교사를 구해서 공부 좀 해 보자. 내가 좋은 선생님 알아봐 줄게…!"

이웃의 아줌마로부터 우리 옆집의 명문대에 들어간 여대학생이 있다는 소 식을 들은 큰형은, 미리 그녀를 만나보고, 아주 괜찮다고 생각하여 서둘러 말 을 꺼낸 모양이다. 무엇보다도, 그녀에게서 서울에 대한 정보며, 좋은 학교에 대한 소망을 갖도록 하여 진이를 빨리 적응시키고, 공부에 열의를 갖도록 함 이 그 목적인 것 같았다. 이 일도 진이의 의사와는 상관없이 정신없이 진행되 어, 드디어 일주일 뒤, 새 '과외 선생님'을 만나게 되었다. 진이의 가정교사는 이제 대학 일 학년생이고, 명문대에 다닌다는 똑똑한 대학 신입생 여 선생님이 다…! 진이는 설렘과 기대감으로 그날을 기다렸다. 드디어 그날이 되었다. 누

이름 없는 들꽃이라도 되어

가 진이의 방문을 똑똑…! 노크한다.

'아…! 그녀인가? 알지 못하는 이 긴장감은 무엇인지…?' 왠지 이 "똑, 똑~~" 소리가 마치 우리의 운명의 노크 소리인 듯도 하다. 마치 봄의 길가에 핀 개나리처럼, 노란 스웨터 차림의 그녀다…! 평생 진이의 가슴에 남아 있는 한 장의 사진처럼, 그 첫 장면은 내내 진이의 머릿속에 남아 있었다. 두 살 터울의 여 선생님과 고등학교 남학생 제자가 드디어 마주 앉았다. 둘은 고개를 꾸벅하면서, 서로 인사를 나눈다.

"안녕 !!! 반가워~~" 먼저 그녀가 내게 반갑게 인사한다. 웃음 띤 얼굴로, 마치 노란 종달새처럼 밝은 목소리…! 그녀는 쑥스러워하는 진이에게, 먼저 작고 하얀 손을 내밀며, 반갑게 악수를 청한다.

"나, 신 수경이라고 해…!" 진이는 부끄러움과 왠지 모를 운명에 이끌리듯, 그녀의 맑은 눈빛을 보며 작은 목소리로 겨우 말한다. "안녕하세요…! 저는 새로 이곳에 전학해 온, 김 상진이라고 합니다."

그렇다~~!! 이렇게 알 수 없는 운명의 끈에 이끌려서, 그 둘 사이의 '새로운 운명'이 시작되는가 보다. 그들 사이에 아름다운 청춘의 때가 시작되려는 것이다. 그 누구도 알지 못한 인연이 이렇게 시작되어, 그들은 운명이 되기까지 오랜 시간이 흘렀다.

이름 없는 들꽃이라도 되어

나의 삶, 나의 청춘

나의 곁엔, 이제 어느 아이도 집에 없다. 나의 삶 전부는 사실, 오로지 자식만 바라보며 살아왔는데, 허전하기 그지없다. 내 앞에 덩그러니 놓인 전화기만 만지작거릴 뿐, 전화비가 아까워서 자주 전화도 못 한다. "울 망내는 잘 있을랑가? 어젯밤 꿈에 갸가 보이던디…." 빙그레 웃음을 짓는 그놈이 눈에 선하다. 커다란 집 안에 늘 나 혼자의 움직임뿐이다. 오늘도 밥상을 차리려다가, 나 홀로 부엌에서 서서 끼니를 해결하거나, 혹시나 애들이 난데없이 들이닥칠까 봐, 아랫목에는 늘 밥 한 공기를 따로 묻어 놓는다. 그리고 나는 다시, 아이들을 위해 새벽기도에 나가기로 결심했다. 이제 울 막내만 서울의 대학에 들어간다면, 내게 더 이상의 소원은 없다. 오직, 그 아이들의 행복만이 내 인생의 전부였으니까…!

친정의 남동생이 갑작스러운 병을 얻었다. 친정에서는 전답을 팔아 병원비를 감당하는 것 같은데, 나이가 드신 엄니가 그녀를 찾아왔다.

"야아~~ 진이 엄니야…. 네 동생 다 죽게 생겼다. 니가 계 탄다고 하던디, 그거 나한테 좀 줘라."

다달이 힘들게 농사를 지으며, 계를 부은 건, 울 막내의 대학 등록금 때문이었다.

"안 돼요. 엄니…! 그건 상진이 등록금이구먼요…!"

"야야! 논이 팔려야 치료비를 대지…! 다들 싸게만 먹으려고 사지를 않는다. 내 논 팔면, 얼릉 니 돈 먼저, 갚아 주마."

이렇게 모질게 말하는 나의 마음도 아팠다. 가끔은 마음을 터놓은 남동생인데, 특히 그 동생은 집안의 장손이고, 한창나이인데, 결국 내가 부었던 100짝(80킬로, 쌀 100가마)의 쌀을 동생의 치료비로 내놓을 수밖에 없었다. 그것으로 그나마 친정 곁에 붙어살게 한, 남동생에 대한 내 마음의 표현이었다. 다달이 계를 부어 친정엄마한테 준 쌀 100짝…! 그러나 그것을 되받을 생각은 아예 하지 않았다. 이제 나도 농사일이 힘에 부친다. 이제 막 오십 줄에 들어선 나이여서 그런가…? 나는 생각난 김에, 서울 사는 듬직한 장남, 큰애에게 전화한다.

"큰애야. 너 서울에 집 살려믄, 을마나 드냐…?"

"왜요…? 엄미! 집 살려고, 우리 논 팔려고요?"

"안 돼요!! 그건 제가 벌어서 살 거니까, 그냥 놔두세요."

"정 힘들면 어우리 주고, 올라오세요."

"아냐. 니 장가도 가야 허고, 내가 여그서는 혼자 심들어서, 농사일 더는 못 하긋다. 이참에 한두 개 팔고, 너 집 하나 사고, 상진이 등록금도 마련해 두자."

혼자가 외롭고 고단해서일 것이다. 그나마 커 가는 자식들이 내게는

이름 없는 들꽃이라도 되어

대견하고 든든한 버팀목이었는데, 자식들이 내 가까이에 없다 보니 자꾸 힘이 빠진다. 결국 나의 뜻대로 논이 팔렸다. 논, 두 필지를 팔아서 겨우 서울에 집 하나를 장만했다. 붉은 벽돌집으로 된, 2층 양옥집이었다.

"큰애야! 우리 상진이 학교 들어가면 내가 여기 와 있을란다. 근게, 일 층 방 한 개는 나랑 상진이랑 쓸겅게, 그리 알어라." 이제 고3이 된 막내아들, 내가 얼마 살지도 모르는데, 그 아이랑 같이 지내고 싶었다. 새벽기도를 하다 보니, 울 막내의 얼굴이 떠오르고, 나는 늘 뜨거운 눈물을 쏟아 낼 수밖에 없었다. 상진이가 서울에 오더니, 따라가려고, 열심히 공부하는 모양이다. 늘 혼자서 밤늦게까지, 책상에 앉아 있다.

"엄미, 이제 얼릉 주무셔요…!"
"아녀, 나두 이참에 성경책이나 읽을란다."

상진이가 밤늦게 공부하는데, 방해나 될까 봐서 화장실에 가는 그것조차도 조심스럽다. 늦게 잠드는 진이의 얼굴도 쓰다듬어 본다. '이게 내 자식이구먼…! 약하디 약한 것이, 이만하믄 그래도 잘 컸네…!!'

나는 오로지 내 자식들이 잘되는 것만 꿈꾸고 바라고 있다. 서툰 서울 생활 속에, 그나마 교회에서 친구를 사귀며 서울살이한다. 일요일마다, 울 막내와 같이 교회에 갈 수 있다는 것이 행복했다.

"진이야, 엄미가 새벽기도에 나갈려고 헌다. 니 일어나면, 혼자 밥 먹고, 핵교 가거라…?" 우리 교회의 교인 중, 열심히 기도하는 몇몇 사람들이, 늦은 저녁에 교회에 모여 같이 '삼각산 기도원'을 다니기로 했다. 어차피 진이가 공부하는 시간이라 잘 되었다 싶었다. 하루도 빠짐없이 늦은 저녁에 출발해서 아침에 돌아오곤 했다. 그런데, 언제부터인가, 내가 엎드려 기도할 적마다, 내 가슴이 뜨거워져 간다. '아!! 왜이려…! 답답해 죽겠네…! 꽤 추워진 날씨인데도, 몸에서 열이 나는 것 같더니…!!' 내 입에서 알아들을 수 없는 말들이 줄줄~~ 나온다. 도대체 몇 시간째, 이러고 있는지 모르겠다. 내가 늘 앉았던 자리…, 그 자리에서 기도할 때마다, 매번 그런 경험을 한다. 나는 기도 중에 내가 좋아하는 찬송도 부르고, 마음속의 소원을 큰 소리로 외치기도 한다. 다들 나에게 '은혜'받았다고 말들을 한다. 울 막내의 앞날이 기도 중에 보이기도 한다. 막내가 가고 싶어 한다는 사범대…, 늠름하게 교단에 서 있는 막내 모습도 보인다. '그려…. 그 핵교에 가는구면…! 아이고. 감사합니다. 감사합니다! 나의 하나님…!'

이름 없는 들꽃이라도 되어

나는 이 모든 것이 감사했다. 그동안, 모진 풍파 속에서도, 나에게 주신 하나님의 은혜가 차고, 넘치지 않은가…? 우리 막내, 진이를 가만히 생각해 본다. 우리 막내가 필요한 것은 이상하게도 없다가도 생긴다. 나는 막내를 불러놓고, 하나님의 은혜로 우리가 이렇게 살아왔음을 말하면서, 또 몇 번이고 당부한다.

"진이야, 니 말이다. 니는 굶고 살지는 않을 것이고만…, 아침에도 아무것도 없었는디… 니 필요한 게 있다 허니 생기더라!! 니가 복덩이인 게 틀림이 없구먼…! 그리고 내가 니한테 꼭 하나 전달해 주고 싶은 거가 있다."
나는 기도원에서 늘 기도하며, 내 품에 적어 놓은 성경 구절을 그 애 앞에 내어놓았다!

[할 수 있거든 이 무슨 말이냐. 믿는 자에게는 능치 못할 일이 없느니라…! 마가복음 9:23]

나는 이것대로, 나의 자녀들이 살아갔으면 했다. 내가 할 수 있는 모든 것은 최선을 다했지마는, 그러나 이 모든 것을 주시는 분은 하나님이심을, 나는 요즈음 깊이 깨닫고 있다.

이제 내 나이가 어언 구십 세를 넘기고…

아마도, 나같이 이렇게 자식만 바라보고 살았었다면, 조선시대에는 마을 입구에 '열녀문'이라도 세워 줄 법도 하다. 젊은 나이에, 내 남편과 사별한 지도 어느덧 60년이 지나고 있다. 그동안, 우리 집안에도 많은 일들이 있었다. 큰애, 작은애, 큰딸, 그리고 막내까지 다 자기 짝을 만나서, 결혼시켰고, 다들 자손들을 낳아서, 잘살고 있다. 내가 나름대로, 아이들에게 최선을 다했지만, 그 모든 것이 다 하나님의 은혜가 아니었을까? 이 세상에 무슨 미련이 남아 있는지, 나는 아직도 부지런히 움직이고, 깔끔을 떤다.

그래서 아직도 내 속옷은 스스로 손빨래하고 있다. 눈이 점점 어두워져서, 돋보기를 쓴다는 것 외엔, 이전과 그다지 달라진 게 없다. 아니 누구에게도, 어느 자식에게도, 나 때문에 부담을 주고 싶지도 않다. 어느 날 내가 잠든 사이에, 나를 하나님께서 편안히 저 하늘나라로 데려갔으면 좋겠다는 '마지막 소원'을 가지고 있다. 나에게는 벌써 귀한 손주도 여럿이 있고, 그 손주가 결혼해서 이쁜 딸과 아들도 낳았다. 내가 그리 애지중지하던 막내도 벌써 '환갑'을 바라보고 있고, 작년에 막내아들을 장가보냈다.

이름 없는 들꽃이라도 되어

나는 요즘 코미디언이 되어 있다. 막내아들놈이 사 준 핸드폰을 만지작거리다, 그놈의 전화번호를 누른다.

"여보시오? 누구신지요? 나한테 전화하셨나요?" 하면서, 그리운 막내놈의 목소리를 들어본다.

"어?? 누구세요?" 막내가 당황하여, 내게 묻는다. 내 자식들한테 전화가 걸려 오지 않는 주말 저녁이면, 내가 먼저 전화를 한다.

"애들은 잘 있냐…?" 내가 항상 하는 말은 순서도, 질문도, 매번 똑같다.

"난 아무 일 없다. 이만 끊자…! 뚜뚜 뚜…!!!"

눈물 마를 날 없었던 나의 험난한 일생이었다. 나 홀로 외로이 지키는 시골집이지만, 이젠 이곳엔 사랑이 넘치고 있다. 나의 기도와 찬송가도 멈추질 않는다. 세월이 흐른 만큼, 두터워진 내 두 손처럼 우리를 둘러싼 모든 것들이 따뜻한 '가족애'로 더욱 단단히, 그리고 두터워져 간다. 나의 남편이 누워 있는 자리 곁에 내가 묻힐 '가묘'가 만들어졌다. 직장 생활을 하는 자식들, 그들에게 내 상을 치른다고, 많은 시간을 이곳에 붙잡아 놓고 싶지도 않을뿐더러, 내가 살아생전에 내 묫자리를 직접 보고 싶었기 때문이다.

"이제 됐구먼…! 얘들아, 나 태우지는 마라…! 이놈의 영감탱이는 지금의 모습으로 꼭 만나고 싶구먼."

이 말을 하는데, 내 눈가에 스르르 눈물이 맺힌다. "엄미!! 합장이 더

좋을 것 같은디요? 오랫동안 떨어져 살았으니, 지금부터라도 같이 사셔야죠~ 하하."

우리 막내의 말에 "에그, 요놈아. 난 징글징글혀…! 저 인간. 하하하."

내가 아이들 앞이라서, 말로는 이리했지마는, 젊어서 이 세상을 떠난 그 사람이 왜 그립고, 그와 만남이 어찌 애달프지 않으리…!

명절마다, 내 살뜰한 식구들이 내려와서, 집 안이 아주 시끌벅적하다. 내 집의 큰 소파에 조용히 앉아서, 저기서 즐겁게 놀고 있는 내 손주들과 손녀들, 그리고 어린 증손주, 증손녀까지, 그리고 그리도 애지중지 키워 냈던 내 소중한 아들들의 모습을 대견하고, 기쁜 맘으로 바라본다.

'아…! 그 모질고, 끝도 없이 길었던 90년 세월을 이제 돌아보니, 한낱…, 짧은 봄날의 꿈일런가~~'

지난 고통의 긴 긴 세월을 돌이켜 보니, 우리네 인생의 긴 긴 삶이 마치 '한낮의 꿈' 같기도 하다. 나의 지난 세월의 고통과 눈물과 한숨은, 이제 환한 햇살에 활짝 핀 웃음꽃으로 가득히 피어나고 있었다.

나는 저 길가의 작은 들꽃이라도 되어, 그리운 내 자식들 곁에서 봄이면 활짝 피었다가, 또 한철이 지나면, 그 옆에서 조용히 지고 싶은 것이다.

이름 없는 들꽃이라도 되어

"이름 없는 들꽃이라도 되어…."

고운 빛으로 아롱지며 떨어지는 눈물겨운

가을 낙엽은 아닐지라도, 차가운 겨울…

눈비 맞으며 꽁꽁 얼어 버린 얼음 땅속에서

내 뿌리가 다 얼어 다시는 찬란한 새봄을

맞지 못한다고 할지라도, 당신 곁에서 피고 지는

가련한 운명이라면, 기꺼이 그 겨울을 견디겠습니다

드디어 새봄이 내게도 찾아와 준다면,

한겨울 강가에서 꽁꽁 얼어 버려서 움직일 수조차 없던

내 어두운 삶의 뿌리에서도 가녀린 푸른 새순이 돋아나고,
저 눈부신 새봄을 당신과 같이 맞이할 수 있다면,
그리고 봄빛에 노란 들꽃 한 송이라도,
당신 곁에서 오롯이 피워 올릴 수 있다면 좋겠습니다.

이제는 얼굴도, 이름도, 추억도 다 잊힌 당신이여…
당신이 주고 가신, 그 책임을 나 홀로 다 감당하고
비록 노쇠한 몸 하나만 나에게 남았지마는, 오직
저 먼곳의 당신을 만날 그 먼 약속 하나
오랜 소망 하나… 그것만이
나에게는 더없는 행복이겠습니다

이름 없는 들꽃이라도 되어

내 삶의 에세이 모음

이른 새벽에 찾아오신 손님

이른 새벽, 5~6시경이 되었을 것이다. 봄이 아직 찾아오기 전, 날씨는 아직 쌀쌀했는데, 이른 새벽에 "똑똑" 누군가의 문 두드리는 소리가 들린다. 나는 너무 놀라, 침대에서 부스스 눈을 뜨고, 잠옷 차림으로 현관에 가 보았다. 어두컴컴해서, 사실 좀 무서웠다. 현관문 양옆의 유리문으로 밖을 내다보니, 아무도 없었다. "응? 뭐지?" 나는 다시 자려고 누웠는데, 누가 또 "똑똑~" 하면서, 문을 두드린다. '이상하다! 누가 새벽부터 장난을…?' 나는 다시 현관문 쪽으로 나가 보았고, 이번에는 겉옷을 걸치고 계단 아래까지 내려가 보았다. 그런데도 아무도 없다.

"똑 똑똑~~~" 이번에는 좀 더 세고, 여러 번 두드린다. 아무래도 이쪽이 아니다! 그것은 거실 유리창 쪽이다. 급히 그곳을 가 보았다. 아직도 희뿌연 미명에, 저 큰 거실 창문에 누군가가 노크를 하는 것이다. "저런…!" 그것은 새였다. 주로 우리 동네에서 많이 서식하는 참샛과의 새이다.

아침나절까지 수없이 창문을 두드리더니, 아침이 밝아 오자, 새는 떠

이름 없는 들꽃이라도 되어

났다. 그러다가 다시 다음 날 새벽이 되었다. "똑똑~~" 너무도 경쾌한 노크 소리다. 나는 긴 작대기를 가져다가 두드려 보았다. 그러나 그 새는 꼼짝도 없이 유리 창문을 두드린다. 약 1시간가량을 두드리다가 다시 그 새는 떠났다. 햇빛을 코팅한 유리창 문에 약간의 홈집이 생길 정도로 그 새는 집요하게 창문을 부리로 두드리다가 간다. 늘 오는 그 새이다. 며칠을 오는 그 새는 내 새벽의 귀중한 잠을 깨우고 간다.

잠귀가 밝은 나는 더 이상 그 새의 소음을 견딜 수 없어서, 묘안을 내었다. '아! 그렇지. 무서운 새를 그려서 창문에 붙이면 될 것 같다.'

나는 무서운 독수리를 내 나름, 백과사전을 보면서, 연구하여 검은 도화지로 만들어 붙였다. 빨간 눈까지도 위협적으로 보이려고 붙이고서 다음 날, 그 새를 목이 빠지게 기다렸다. 그 새는 잠시 흠칫하는 듯하더니, 다른 창문께를 "똑똑~~" 두드리다가 떠나갔다! 얼마나 기쁘던지…!

나는 "하하하." 정말 오랜만에 유쾌하게 웃어 보았다. 만물의 영장인 내가, 그 조그만 텃새를 상대로 벌인 '이 싸움'은 상당히 전율이 넘치는 것이었다. 다음 날에도 그 새는 찾아와서, 자신 없이 조그만 소리로 문을 "똑똑…." 두드리더니, 얼른 떠나갔다. 이렇게 며칠을 더 우리 집 창문에 찾아오던, 그 새는 결국 포기하고 오질 않는다! 아마 새벽마다 다른 집 창문을 두드리는지도 모른다! 누군가의 새벽잠을 깨우고, 그 사람은 또 다시 다른 묘안을 내겠지!!

오랜만에 누구의 방해도 없이, 편안히 새벽에 깨지 않고 깊은 잠을 잘 수 있었나? 했지만, 그러나 이게 웬일인가? 나는 새벽 시간이 되면, 어김없이 눈을 뜨고, 그 새를 기다리는 것이었다. 괜히 거실 주위를 두리번거리며, 그 새가 행여라도 다시 올까? 조바심을 내는 것이다!

"어머, 참 이상도 하지…!"

그렇게 안달하면서, 그 새를 쫓아낸 나는, 새벽에 편히 잠들지 못하고, 오히려 그 새의 경쾌한 '노크 소리'가 요즈음 더없이 그리워지는 것이다.

이름 없는 들꽃이라도 되어

천국의 향기

　　우리 집에는, 20년 전에 누군가 집들이 선물로 가져온 '행운목' 나무 화분이 있다. 창가에 잘 자리를 잡아 그런지, 그 나무는 엄청나게 크기가 커져서, 2층의 한 귀퉁이를 다 장악하고 있다. 그 나무를 선물로 받아 키운, 그 긴 세월 동안, 별로 신경도 못 써 주었지만, 그 사이, 몇 개의 대가 쑥쑥~ 더 올라와서 울창한 행운목이 되었다.

　　친정어머니가 5월에 우리 집에 오셔서, 몇 달 계시는 동안의 일이다. 한국에서 왔다는 전복과 멍게를 한국마트에서 사 와서, 맛있게 '전복구이'를 해 먹은 후, 그 전복 껍데기가 이쁘다면서, 어머니가 그것을 그 화분 위에 박아 놓으셨다. 물을 줄 때, 화분 안의 흙이 넘치지 않아서, 좋다고 생각했는데, 어느 날! 저녁나절에 어머니가 말씀하신다.

　　"애야! 2층 방에 무슨 향수를 뿌렸니? 무슨 냄새가 이리 나냐?"

　　나는 의아스럽게 생각이 들어서, "무슨 냄새? 난 아무것도 안 뿌렸는데…?" 2층 방으로 올라가는 계단에 아주 좋은 향내가 나는 것이다. 마침 꽂아 놓은 백합이며, 장미가 있어서 그런 줄로 알았다. 이상하게 냄새가 짙네? 현관문에는 벌들이 와서 윙윙거리며, 날아다닌다.

"어머, 이게 무슨 냄새지?" 어느 날 저녁에, 2층 계단에서 너무 짙은 향에 깜짝 놀라 말하였다. 생전 처음 맡아 보는 향이다! 나는 얼른 올라가 2층의 곳곳을 다 찾아보았다. 무슨 향수인가? 했었다.

"이상하다. 아무것도 없는데??" 이상하게도 행운목 가까이에 갈수록, 그 냄새가 짙어지는 것이었다. 가만히 그 나무를 보니, "저런~~~" 행운목의 한가운데, 새로 나는 잎새들 사이에 이상하게 솟은 꽃대가 있었는데, 그곳에 엄청난 향기가 나는 것이다.

"아. 이것이로구나!!!" 그 화분을 들여온 지, 거의 20년 만에 처음이었다, 행운목에서 긴 꽃대가 올라오고, 그 향은 엄청난 것이었다. '천국의 향기'라 한다던가? 그동안 푸르게 잘 자라던 잎새 사이에 솟은 그 꽃대는 수십 개의 꽃이 매달려 있었고, 두 개의 꽃대가 올라와 있었다.

'아…. 나는 나의 무심함에 그만, 할 말을 잃었다.'

저녁에 꽃대에서 수많은 꽃이 피어서 '천국의 향기'를 내뿜더니, 새벽쯤에는 다시 꽃을 오므린다. 그러면, 신기하게도 그 향내는 사라진다. 그렇게 1주일가량을 진한 향을 내뿜던 그 꽃대는 서서히 말라 가면서, 향은 줄었다.

이름 없는 들꽃이라도 되어

그 후 1주일을 더 살더니, 이윽고, 그 꽃은 다 지고 말았다. "얼마나 고생했니?"라면서 어머니는 좋은 거름을 그 화분에 내려 주셨다.

"애…! 아무래도 너희 집에 좋은 일이 있으려나 보다. 호호." 어머니는 기쁘게 말씀하셨다. 아…! 아직도 그립다. '천국의 향기'라 부를 정도로, 생전 처음 맡아 본 그 진한, 알 수 없는 깊은 향기, 수없이 작은 하얀 꽃망울들…! 그 덕분인가? 한국에 나와서, 이런저런 좋은 일들이 많았다. 또한 어머니를 비롯하여, 가족 모두가 무탈하니, 그것도 좋은 일이다!

'근 20년 만에 꽃을 피워 낸, 대견한 우리 집의 행운목!'

더 많이 사랑해 주고, 관심을 둬야겠다. 무엇에든지, 그 보답을 받는 것은 기쁘고, 행복한 일이다! 언제 다시 그 꽃들을, 그 향기를 맡을 수 있을까? 그리움과 기다림이 교차하는 순간이다.

아, 봄이다!

나는 무심코 길을 건너다가, "아! 봄이구나…!" 했다. 며칠 전만 해도 텅 빈 길가의 나뭇가지 위에 하얀색 목련이 피는 것이었다. 아직 봄의 꽃으로만 알고 있던, 노란 개나리, 붉은 진달래도 피기 전인데…! 앙상한 가지 위에 몽우리가 맺히더니, 어느새 온 가지 위에 목련의 하얀 꽃이 가득하다! 제주에는 노란 유채꽃과 산수유꽃이 피기 시작했다고 하고, 이곳 부산에는 아직 겨울꽃이라 알고 있는, 붉은 동백꽃과 철 이른 분홍 매화만이 피고 있었다.

'아, 목련이 이렇게 일찍 피는 꽃이었던가?'

날이 며칠 포근해지고, 밤새 봄비가 내리더니, 어느새 목련의 가지마다 하얀 꽃이 가득가득하다. 너무 무거워서일까? 어느새, 목련이 "뚝뚝." 소리를 내며, 허무하게 지고 있었다.

그토록 아름답게 꽃망울을 터트린, 봄의 전령- 목련꽃은 조금 더워지면, 그 꽃들이 '뚝뚝' 떨어지는데, 그 모습이 참으로 초라하다! 아니, 초라

이름 없는 들꽃이라도 되어

함을 넘어서, 보기가 흉하다. 꽃이 만개할 때는 그토록 화려한 시작이었는데, 누렇게 변한 꽃잎은 땅에 추스레하게 떨어지는데, 사람들이 밟고 지나다니는 그 모습은 참 애달프다.

우리의 삶도 마찬가지 아닌가? 우리의 화려한 청춘의 때! 하얀 꽃잎이 가지 끝에 가득히 매달려 마치 하얀 면사포를 쓴 신부 같았다면, 날이 더워져서 꽃잎이 누렇게 변하는 그 끝은 참으로 흉하다. 그 모습을 보면서, 나는 '나의 삶도, 나중에 나이 들어, 저렇게 흉해지면 안 되겠다.'라고, 굳은 결심을 하였던 생각이 난다.

그러나, 내 생각은 아랑곳없이 5월의 파란 하늘 아래, 하얀 목련은 꿈처럼 아름다웠다.

봄비가 내린다

달력은 이제 3월 말을 향해 가는데, 어제오늘 봄비가 온종일, 부슬부슬 내린다. 만물은 마치 어린아이가 엄마 젖을 먹고, 뽀얗게 살이 오르듯이, 이 봄비가 겨우내, 추운 겨울을 지낸 모든 목마른 생명에게 엄마 젖처럼, 활짝 아름다운 꽃을 틔우고, 마른 나뭇가지에는 파란 물이 든다. 어느새, 봄비가 내린 거리는  온통 분홍과 흰색으로 뽀얗다. 시커먼 고목으로 겨우내, 거리가 어두침침했는데, 어느새 활짝 핀 벚꽃으로 온 동네와 거리가 뽀얗고, 하얀색과 분홍색의 물감을 뿌린 듯이 거리는 봄 색으로 화색이 돈다. 마치 금방 목욕을 마치고 나온 어린아이처럼, 봄비 내린 후의 이 거리는 뽀얗고, 봄의 민낯은 낮잠을 자고 난, 어린아이처럼 아름답다.

이름 없는 들꽃이라도 되어

길 위에서의 삶

나는 지금 부산의 수영강 강가에 있는 한 아파트에서 친정어머니와 함께 살고 있다. 이제 곧 어머니는 미국의 서부에 있는 남동생 집에 가시고, 나는 경기도의 외곽에 있는 내 작은 오피스텔로 가서, 글쓰기에 매진할 계획이다. 그 후, 남편이 미국에서 5월에 들어오면, 20여 일을 같이 휴가로 한국의 곳곳을 여행하며, 보내다가 다시 미국의 내 집으로 돌아갈 예정이다!

지금부터 무려 40여 년 전인가? 내가 E 여대생 때였다.

나는 당시 학도호국단 간부(요즈음 학생회 임원회)로서, 늘 학교 행사로 바빴고, 특히 교회에서도 많은 일을 하고 있던 나에게 어느 날, 학교 앞을 바쁘게 걷고 있는데, 한 도인 같은 노인분이 갑자기 말씀하셨다.

"자네는 옆에 있는 사람을 성공하게 하겠어. 그리고 대궐 같은 집에서 살겠지만, 늘 외롭겠네…! 이별 수도 많고, 역마살이 끼여서 늘 타지로 돌아다니겠어. 자네가 만나고 있는 사람하고는 결혼은 못 해! 그리고 나이 들면, 명예 수도 있어서 이름을 날리겠구먼…!"

아…! 이게 무슨 일인가? 나는 옆에 있던 내 친구들에게 몹시 부끄러워서 얼굴이 화끈거린다. 당시 학교 내의 '종교 부장'이라는 직책을 맡고 있어서 여러 종교 관련 모임을 주최하고 있던 터인데…! 나는 못 들은 체하며, 급히 발걸음을 옮겼다. 그래서 이 황당한 노인의 말은 내 뇌리에서 떠나갔고, 나는 나름대로 열심히, 나에게 주어진 삶을 살았다.

몹시 무료했던 몇 년 전, 어느 봄날의 오후인가?

나는 갑자기 이 노인의 말이 생각나고, 내 지금 모습을 바라보니…! 어찌어찌해서, 정말 그 노인의 말이 이루어져 가는 것 같았다. 남편은 그래도 자신의 분야에서 성공한 사람이 되었고, 나는 늘 여기저기를 떠돌아다니는 '역마살이 끼인 여인'이 되어, 이렇게 글을 쓰며, 가족과 떨어져 지내고 있는 것이 아닌가? 그러나 가만히 생각해 보면, 아마도 그 도인 같은 분의 말씀은 대부분의 내 동창들에게 해당되는 말인지 모르겠다. 웬만하면, 내 친구들 대부분이 다 대궐 같은 집에서 지내고 있고, 그녀들의 남편은 비교적 성공했으며(몇 년 전, 대통령 선거에서 후보로 나온 분의 아내, 유명 변호사와 의사, 교수의 부인들도 많으니 말이다), 또한 주로 자녀들을 외국으로 유학을 보낸 집이 많았기 때문이었다.

우리의 삶을 되돌아보면, 결국 모두가 '이별 수'가 많고, 역설적으로 '역마살이 끼인 삶'으로 살아가는 것이 아닌가?

그렇다…!

이름 없는 들꽃이라도 되어

우리는 한낱, '쓸쓸한 여행객'으로서의 삶을 고단하게 살아가다가, 결국 마지막 날에 이 세상의 삶을 외롭게 마감할 것이다.

내 삶의 봄, 여름, 가을 그리고 겨울

- 나의 신앙 일지

꽃 피는 어느 봄날이었을 것이다. 늘 4월이면, 벚꽃이 눈꽃처럼 흩날리는 아름다운 거리를 걸어 교회에 다녔었는데, 우리 동네는 늘 벚꽃이 만발한 그곳, 군항 도시 '진해'라는 소도시였다. 그때, 아버지께서는 해군으로 복무하시면서, "우리 힘으로 우리 배를….'이라는 목표로 열심히 조선업에 박차를 가하던, 눈부신 시기였었다.

나는 식구들과 진해의 한 교회를 열심히 나갔었는데, 그때는 우리가 진해의 해군 관사에 살고 있었을 때였다. 다들 비슷한 환경에서 살면서 같이 신앙생활을 할 때여서, 모두가 친하게 지냈었다. 유난히 매 절기 행사가 많았던 그 교회에서, 성탄절이면 〈예수님, 우리 마을에 오셨네!〉 등등의 성탄 연극을 주로 했었다. 나나 언니, 그리고 동생은 그 연극에서 주요한 역할을 했었고, 그다지 노래를 잘하지 못함에도 나는 중창단으로 뽑혀서, '성탄 축하' 성가를 열심히 불렀던 것이 생각난다.

이름 없는 들꽃이라도 되어

늘 벚꽃이 만발한 눈부신 봄! 여름이 다가오면 탱자나무 담장에서 새큼하고, 달큼한 하얀 탱자꽃이 피었고, 가을엔 노랗게 탱자 열매가 열리던 아름다운 도시에서, 참 행복하게 살았었던 기억이 가득하다.

그러다가 우리 식구는 서울 동작구 상도동에 이사를 하게 되면서, '상도 중앙교회'를 다니게 되었는데, 그곳에는 대를 이어 가면서, 열심히 신앙생활을 하시던 많은 가정이 있었고, 아직도 그곳에는 내가 '오빠' '언니'라고 부르며 따르던 많은 사람이 있다. 이제는 그분들은 모두 '장로' '권사' 직분자들이 되어 열심히 교회를 위해 봉사한다고 들었다. 그때, 우리 집은 높은 계단이 쭉 이어져 있고, 그 끝에는 2층 양옥집 2채가 마주 보고 있었는데, 바로 우리 오른편 계단 집에 야당 정치계 인사로 유명하셨던, 나중에 대통령이 되신, '김영삼 총재' 가족이 살았었다. 그 막내딸, 김혜경은 나랑 중학교 동창이었고, 나중에 대학교에 가 보니, 그녀도 우리 대학에 와 있었다. 별로 연이 없어, 인사도 제대로 못 하고 헤어진 친구다.

그러다가 우리가 신반포로 이사를 하게 되면서, 그때, 강남구 신사동에 있던 '소망 장로교회'에 나가게 되었는데, 이때가 내 신앙의 부흥기라 할 수 있다. 내 대학 시절과 미국으로 오기 전까지의 모든 삶의 지축이 교회를 중심으로 움직였다고 하겠다. 여기서 많은 신앙의 선배들을 만났고, 내 삶의 중요한 모든 사건이 다 이때 일어났다. 지금으로서는 도저히 감당되지 않을 정도로, 나는 신앙에 모든 것을 걸었고, 그만큼 간절했고, 너무나도 신실했다.

그러다가 미국에 들어와서, 나는 결혼과 육아로 새로운 삶에 적응하면서, 한국에서의 간절한 신앙의 모든 것을 잃어버리고 말았다. 그곳에서도 습관처럼, 매 주일 교회를 나갔지만, 그저 교회를 중심으로 신앙생활을 할 뿐이었다. 나는 그 당시에도 교회에서 여러 가지 봉사를 많이 했지만, 그다지 기쁨은 없었던 의무감이었던 것 같다. 그러다가 내 삶의 지축이 흔들릴 정도의 고난을 겪으면서, 나는 다시 하나님께 나아갔다. 오로지 길이 그곳에만 보이는 느낌이었고, 그때 나를 다시 부르시던 하나님의 음성을 들었다.

"나는 그럼에도 너를 사랑하노라…!"

나에게 말씀하시던 음성이 들리는 듯했다. 그것도 이 광대한, 그 끝도 알 수 없는, 인간이 감히 상상할 수도 없는 이 엄청난 큰 우주를 오로지 말씀으로만 창조하신 '그분'의 나를 향한 음성이다! 너무도 그리웠던 그 음성이었고, 나를 사랑한다는 그 한마디가 오직 나에게 필요한 것이었다.

다시 신앙생활을 하면서, 이전의 신앙을 많이 되찾는 계기가 되었지만, 교회 내의 살벌한 '계파 싸움'에 휘말리면서, 나는 다시 신앙의 침체기에 접어들었다. 한 사람이 올바른 신앙의 길로 접어들기가 이리 어려운 것이다. 이런저런 우여곡절 끝에 나는 다시 자리를 잡아갔지만, 이전의 열정을 다시는 되찾을 수가 없었다. 이제는 그때의 그 열정과 사랑을 단지 추억으로 마음속에 간직할 뿐이다.

이름 없는 들꽃이라도 되어

이렇게 내 젊은 날의 청춘과 함께, 그 뜨거웠던 나의 신앙도 서서히 저녁노을처럼, 저물어 가는가 보았다. 언젠가는 그 끝이 더 아름다울 석양의 모습이 그려진다.

내 남편의 외조

내가 건강 때문에, 나 자신의 꿈을 이루지 못하고 늘 누워 있을 때, 아마 가장 안타까워한 사람은 내 친정어머니와 나의 남편이었다! 그래서, 이번에 책을 내게 되었을 때도, 가장 기뻐한 사람들은 바로, 그들이다. 굳건한 '사랑'의 힘이라 할까?

혈연관계인 어머니와 내 형제들을 제외하고, 이 세상에서 가장 나를 사랑해 주는 사람은 바로, '내 남편'이다! 이번에 내는 책의 표지 샘플이 나와서, 그것을 이메일로 보내 주었더니, 거기에 쓰인 내 프로필 사진이 책의 내용과 어울리지 않는다면서, 다시 전문 사진관에서 찍으란다! 내 책과 나의 건강과 나의 꿈을 가장 사랑하고, 응원해 주던 한 사람! 그런 사람이 있어서, 이 세상의 어떤 풍파를 만나도 나는 흔들리지 않을 것이다. 또한 그 무엇도 두려워하거나, 슬퍼하지도 않을 것이다.

그에게 내가 '작은 기쁨'이 되고, 깃털처럼 '가벼운 행복'이라도 되리라고, 결심해 본다. 역시, 사람은 사람으로 인해 기쁘고, 행복해지는 것이다. 행복은 큰 사건이 아니라, 작은 매 순간마다 찾아오는 것이다!

이름 없는 들꽃이라도 되어

거대한 자연의 힘 앞에서…

6월 초순이다. 날은 초여름으로 향해 가고, 꽃향기가 바람에 날리는 아름다운 나날들이다. 6월 6일, 저녁에 산책하는데…. 어느 집에서 바비큐를 하는지, 메케한 연기가 난다. 노을이 지고 있을 저 서편 하늘에는 불길하게도 분홍색의 해가 선명하게 떠 있었다. 6월 7일 아침에 캐나다에서 산불이 나고 있다는 것을 뉴스로 접하고는, "저런…." 했었지만, 그것은 단지 '남의 동네 불구경'이었었다.

"아…! 사람은 얼마나 이기적인가?"

아니, 도대체 나는 얼마나 '가족 이기주의'였던가!!
나와 내 가족들의 안위만이 내 걱정의 대상이었었다.

이번 산불은 자연적으로 발생한 것으로, 지구의 기후 변화에 따른 재해라고 한다. 사막에 폭우가 오고, 추운 북극에 때아닌 더위가 찾아오고, 더운 지방에 한파가 오기도 하고, 북극과 남극의 빙하는 녹아내리고…. 2030년에는 완전히 녹아내려서, 그로 인한 지구의 온난화에 따른 기후의 재앙이 예측된다. 이루 말할 수 없는 지구의 몸살을 앓는 현상들이다.

이름 없는 들꽃이라도 되어

　짙은 오렌지색 연기로 뒤덮인 뉴욕 거리. 분홍빛의 선명한 대낮의 해…. 모두 마스크로 중무장하고 다닌다. 그나마 거리에는 사람을 보기도 힘들다.

　(캐나다에서 뉴욕까지, 그 먼 거리를 바람을 통해 마치 이웃집 불처럼, 메케한 연기가 뒤덮이다니…. 정말 놀랍다.)

　나는 자연의 무시무시한 힘 앞에서 가히 할 말을 잃는다! 자연의 무시무시한 위력과 힘!! 물과 불과 지진은 인간의 통제를 넘는 어쩔 수 없는 범위이다. 인간의 전적인 나약함과 취약함이 드러나는 순간이었다.

　이럴 때, 우리가 할 수 있는 일은 오직 비라도 많이 내렸으면…. 그리고 바람이 잦아들기를…. 그리고 이재민들의 안위를 위한 기도뿐이다. 인간의 무력함으로, 아무 일도 할 수 없음을 직감하면서, 단지 신 앞에 겸허히 두 손을 모으게 된다.

여름을 재촉하는 비

아직 6월 중순이지만, 날씨는 봄과 여름을 오고 가며 변덕스럽다.

"오늘은 비…."

그동안 날이 흐리기만 하다가, 오늘 시원한 소나기가 온다고 하여, 아침 내내 기다렸다. 오늘 저녁에 먹을 것도 아침에 시장에 다녀와서, 다 준비해 놓았고 나는 오랜만에 내리는 시원한 빗줄기에 몸도, 마음도, 머릿속에 빙빙 돌던 복잡한 내 생각들도 깨끗이 씻기어지길 원한다.

드디어… 비가 "후두득~ 후두득~" 큰 소리를 내며, 더워진 아스팔트 길가와 우리 집의 먼지 앉은 지붕을, 노란 송진 가루가 붙은 거실의 큰 유리창을, 길가에 세워진 차의 먼지와 시퍼런 녹조가 생긴 호숫가를 시원하게 닦아 낸다.

나는 현관문을 열고, 비 오는 모습을 내다본다. 좀 더 비가 세차게 내리면서, 잔디 마당과 큰 초록의 나무를 적셔 주니, 비와 함께 풀잎 냄새와 나무 냄새가 섞여 들어온다.

이름 없는 들꽃이라도 되어

"아⋯. 이것이다!"

말라 가는 온 대지와 숲과 호수와 바람조차도, 이 비는 깨끗이 씻어 주고, 원래의 냄새로 복귀시켜 준다. 나도 이 비에 우산 없이 뛰쳐나가, 실컷 젖고 싶은 강렬한 충동을 참았다.

나이가 든다는 것은 이런 것이다. 마음속의 들끓는 충동을 절제하고, 그다음의 일들을 미리 예상할 수 있다는 것⋯! 이제 대책 없이 비를 맞고 와서, 몸이 아프면 얼마나 많은 일들이 일어나는지, 훤하게 알기 때문이다.

낭만이 다소 줄어든 자리에 '현실적 자각'이 들어 왔고, 그래서 나는 이런 나이 듦과 타협하는 나의 '평범한 일상'이 더없이 좋다. 비 오는 오후, 창밖의 세찬 비를 바라보는 것은 이제 편하고, 너무나도 행복한 일이다.

때로 이렇게 세상을 맑게 관조하는 것은 얼마나 여유로운 일인가?

〈팬텀싱어-4〉 프로그램을 보면서…

방송국 두 군데서, 시작부터 서로 열을 내면서 시작된 **'트로트 오디 션'**이 끝나갈 무렵…. 사실, 너무 많이 겹치기 출연과 각종 소문으로 좀 식상한 느낌이 있어서, 트로트라는 것에 좀 마음이 떠나갈 때였다.

봄이 시작될 무렵, 시작된 **〈팬텀싱어〉** 오디션이 내 눈길을 붙잡는다. 내가 이런 오디션을 좋아하는 이유는 그들의 '간절한 눈빛'이다! 나는 모든 사람을 볼 때, 그들의 눈빛을 가장 먼저 보게 된다. 자신이 처한 삶에 대해, 그들의 목적한 바에 대해서 그토록 절절한 눈빛을 보내는 청년들, 어머니의 시한부 소식을 듣고, 카페에서 아르바이트하는 성악을 공부한 지 6개월 되었다는 어느 청년, 타고난 성악의 훌륭한 발성을 타고나서, 해외에서 활동하던 많은 우리의 젊은이들, 목소리와 노래로 축 처진 우리를 즐겁게 해 주는 사람들, 이미 뮤지컬 분야에서 전설이라 불렸던 사람의 새로운 도전 등등…. 어떻게 그들의 도전을 응원하지 않을까!

어제 결승전, 마지막 방송을 보았다. 쟁쟁한 많은 도전자 중에서 마지막 **'우승팀- 리베란테'**는 늘 커트라인에서 아슬아슬하게 그 위의 라운드로 진출하였던, 한 팀이었다. 누구도 그들의 우승을 점치지 못했을 것

이름 없는 들꽃이라도 되어

이다. 그것은 아마도 가장 우승을 향하여, 간절하게 달려온 그들에게 텔레비전을 보면서 응원하던 많은 시청자의 투표가 결국, 그들을 1등으로 만들어 준 것이다. 그들의 우승을 보고, 정말 기뻤다. 평범한 청년들의 꿈이 드디어 아름답게 빛을 발하며, 그들을 높이 날아가게 한, 기적 같은 순간이었다

역시, 오디션의 맛은 바로, 이런 기적을 같이 만들어 내는 데 있다. 그들이 따낸, 아름다운 도전의 날개로 훨훨~~ 그들의 높은 목표로 날아 가기를….

봄이 시작되는 세레나데

꽃샘추위가 시작되던 3월 초부터, 벌써 아파트의 곳곳에 마른 나뭇가지에서는 파란 새 움이 터 오르고 있다. 3월 중순이 된 오늘! 날씨는 20도를 넘어 다들 봄 차림으로 길을 나서는데, 반소매를 입은 성급한 젊은이들도 눈에 띈다. 저만치에서 눈이 부시게 내 눈에 띄는 것은, 새하얀 꽃을 가지마다 주렁주렁 달고 있는 목련꽃 나무이다. 언제 저렇게 꽃이 피었을까?

봄이 어느새, 우리 곁에 흐드러지게 피어 있다. 이제 곧 죽은 듯이 거무스름하던 오래된 벚나무에도 분홍 꽃이 주렁주렁 매달리겠지! 우리에게 새로 찾아오는 봄은 참 신비롭다. 새 생명을 어디에 숨겨 두고 있다가, 저토록 환한 꽃망울을 나뭇가지마다 피워 내는 것일까? 하늘은 벌써, 미세먼지로 뿌옇고, 봄이 오는 느낌은 후덥지근한 바람과 뿌연 하늘로부터 온다. 어느새 봄의 기운을 알아차린 나무에는, 저마다 다른 색색의 움을 틔운다. 내 몸에도, 봄의 기운이 찾아오는지, 나른함이 먼저 몰려온다.

햇빛은 따숩고, 바람은 살랑살랑 불어오고, 내 마음속에도 봄이 찾아

　　　　　　　　　　　이름 없는 들꽃이라도 되어

오는지, 봄의 아지랑이처럼 무언가가 내 안에서 슬며시 피어오른다. 얼른 집에 와서는 성급하게 선풍기를 켜 본다.

나는 어느새, 마음속에 분홍색 꽃이 가득 피어서, 봄바람 제대로 난, **'분홍 아지매'**가 되고 싶다.

초여름의 길목에서…

　　5월 중순이 되면서, 벌써 내가 머무르고 있는 이곳- 용인에는 다소 후덥지근한 초여름이 성큼 다가왔다. 집 앞의 하천가에는 노란 수선화가 **'나를 잊지 마세요.'**라면서, 저만치에서 나를 보고, 방긋 웃고 있다. 거친 물살과 물이 뿌연 하천 옆에서도 수선화는 꾸밈없는 자세와 미소로 자신만의 매력을 뽐내고 있다.

　　　　　　　　　　　　　　　　이름 없는 들꽃이라도 되어

나지막한 하천에는 저 멀리 북한강에서 떠밀려 내려온, 큰 잉어 떼 몇 마리가 유유히 헤엄치며, 즐겁게 놀고 있다. 얼마나 크던지, 남자 어른의 팔뚝만 하고, 특히 5월에는 산란기여서 그런지, 암컷을 둘러싼, 그들만의 리그로 하천이 떠들썩하다. 암컷은 다소 거만한 자세로 여러 마리의 수컷을 거느리고 요란하게 하천을 헤엄치고 다닌다.

동네 길을 산책하며, 노란 자전거를 타는 기다란 도로의 양옆에는, 노란 황금빛의 금계국이 붉은 철쭉꽃이 피었다 진 애석한 자리에, 푸른 5월의 바람결에 맞춰, 나 보란 듯이 하늘하늘 춤추고 있다.

아…. 이런 날에는 그동안 읽고 싶었던, 한 권의 책과 향기로운 커피 한 잔만 있으면, 더없이 행복할 것이다. 이렇게 나는 분홍의 꽃향기가 가득했던 봄을 어느새 보내고, 5월의 달콤한 바람과 하얀 뭉게구름과 노란 들꽃이 가득한 초여름의 푸르른 길목에, 나 홀로 서 있다. 새로운 계절의 시작에는 항상 설렘이 있다. 설렘이 있는 그곳에는 그만의 행복도 있고, 나는 이름 없는 들꽃이 되고, 강가의 작은 배가 되어 누군가를 기다림도 좋으리라!!

나는 우체국이 좋다

　나는 우체국에 가는 것이 좋고, 아직도 누군가에게, 편지 쓰기를 좋아한다. 내 마음속에 고이 간직한 길고 절절한 사연을, 이쁜 편지지에 적어 사랑하는 사람들에게 보낼 때의 그 황홀한 기쁨이라니!! 아직도 생각이 난다. 그 이전 추억 속 시간 속에는 친구에게 보낸 편지의 답장을 기다리며, 우리 집 빨간 편지함을 매일 열어 보던 그 저릿저릿한 잊히지 않는, 그 설렘이 있다!!

요즘은 편리한 전자 편지(이메일)를 주고받으며 잊힌, 손 편지 쓰던 시절이 가장 아쉬운 부분들이다! 어느 골목길에 자리 잡은 고즈넉하고, 커피 향이 짙은 카페에서 파란 하늘이 바로 내다보이는 창가에 앉아, 내 추억 속의 그리운 이름에게 잊히지 않을 편지를 쓰고 싶다.

용인행, 고속버스를 타고…

　겨우내 머무르던 부산의 작은 아파트를 떠나 용인에 왔다. 용인에는 작업실 겸 작은 오피스텔이 하나 있는데, 아주 교통이 편한 지역이어서 선택한 곳이다. 집 앞에는 하천을 산책로로 개발해서 운동하기에 좋고, 제법 계절의 변화도 느낄 수 있어서 좋다. 몇 달 만에 용인에 올라왔더니, 그동안 하천 산책로에 아름다운 조각품이 몇 개 설치되어 있어서 보기에 좋았다. 주로 '가족'을 주제로 한 것들이어서, 마음이 따뜻해지는 작품들이다.

　마침, 바로 5분 거리에 고속버스 승, 하차장이 있기에 나는 주로 부산에서 올라올 때, 이 고속버스를 이용한다. 고속철에 비해 가격도 저렴하고, 리무진형 버스여서 앉는 좌석이 넓고 편해서 시간이 조금 더 걸리지만, 고속버스를 자주 이용한다. 아직도 아날로그적인 감성일까? 이상하게도 고속버스를 타면, 그만의 정감이 있다. 고속철에 비해 주로 나이 든 분들이 많이 타는데, 한결같이 자녀 집에 방문하러 가시는 분들이거나, 자녀 집에 들렀다 자기 집에 오는 분들이 대부분이다.

　그들의 자녀분들은 부모님은 고속버스를 태워 보내며, 못내 안쓰러운 부모님을 오래도록 바라보는데, 그럴 적마다 그분들의 부모님을 다시 한번 보게 된다. 주름지고 쭈글쭈글한 얼굴, 손은 거칠고, 옷은 대단히 촌스럽다. 그러나 그분들의 얼굴에는 자녀에 대한 대견함과 안쓰러움이 한껏 묻어나는데, 자신을 바래다주고 돌아가는 자녀에게 오래도록 손을 흔들며, 빨리 들어가라고, 몇 번이나 손을 내저으신다. 그러시고는 그들이 돌아서는 그 모습을 바라보면서, 오래도록 창에서 눈을 떼지 못하신다. 나는 그 모습을 보면서, 미국에 들어가실 때, 공항에서 나를 내내 돌아다보시던 울 친정엄마 생각이 나서, 왠지 마음이 짠했다.

창밖에는 이제 벚꽃을 다 떨군 벚나무에는 연녹색의 어린 나뭇잎을 가지마다 매달고 있고, 철쭉이며, 영산홍 꽃 무리가 모여서 붉게, 혹은 진한 분홍색 물을 들이고, 길가에 지천으로 핀 개나리꽃들도 노랗게 물을 들이며 피고 있다. 이 아름다운 계절에 단 하나, 마음이 좀 불편한 것은 봄이 한껏 찾아온 이 길가와 저 들판마다, 온 산마다, 아름답게 피어난 봄꽃을 찾는 행락객들로 전국의 모든 길이 몹시 번잡하다는 것이다.

이름 없는 들꽃이라도 되어

더 이상 사랑을 믿지 않는 그대들에게…

이 글은 내가 소속되어 있던 한 문학 카페에서 본 내용이다. 이 글을 올린 여자분은 이 카페에서, 어떤 남자분과 만나, 서로에게 동시에 호감을 느끼게 되었다고 했다. 그 후, 거의 7년 정도를 그야말로 서로 만나지는 못하고, 온라인으로 대화만 하며 지나온 여성의 사연을 접하며, 그 긴 세월의 애틋한 사랑과 인내에 내 마음이 울컥했다. 한 1~2년이라면 이해할 것도 같다. 그때, 만나던 남자분의 부모님의 병환으로 거의 7년을 기다린 것이다.

사실, 7년이라는 긴 세월의 흐름 동안 나이가 좀 있는 여자는 많이 변하게 된다. 그녀는 자신의 변한 모습에 혹시라도 상대가 실망할까 봐, 많이 걱정하며 혹시라도 그 사람이 그래서 자신을 떠나더라도, 자신은 그 사람이 더 좋은 상대를 만나기를 진심으로 빌어 줄 거라고 말했다.

나는 한 번도 본 적이 없는 그녀에게 "꼭 좋은 인연을 만나서 행복하시라"며, 굳게 약속하고 서로 댓글의 끝을 맺었다. 몇 시간 후, 그녀는 그 글을 삭제했다. 한밤중에 이런저런 생각과 고민으로 글을 올리신 것 같다. 그 후, 그녀는 사랑하던 그분을 만나 둘이 같이 이 카페를 나갔으리란 생각이다.

지금도 그녀의 7년 만의 만남과 그 이후의 상황이 궁금하다. 그러나 저런 아름다운 영혼을 지닌 여성이라면, 누구를 만나도 그녀는 꼭 행복할 것이라고 믿는다. 진심으로, 진정한 사랑이 얼마나 아름다운지가 고스란히 내 마음으로도 느껴지는 시간이었다. 그런 아름다운 사랑을 만난 그들이 진심으로 부러웠다. 많은 이들이 진정한 사랑을 믿지 않는다. 나, 또한 그에 대해서 물음표를 가졌었다. 그러나, 그 여자분을 보니,

'아···. 아직도 우리 나이에 그런 사랑이 가능하다'라는 것을 믿게 되었다. 드물지만, 아직도 우리 곁에 이런 사랑이 존재하는 것을 믿자. 당신에게 또한 그런 행운이 찾아올는지 아는가?

[내내 서로를 향한 충만한 사랑이 가득하기를~
그들에게는 행복한 날만이 계속하여 이어지기를~
때로 삶의 고비를 만난다 해도, 현명하게 서로 손잡고
헤쳐 나가기를···]

나는 내가 아는 '이 세상의 모든 신들'에게 그들의 행복을 위해 간절히 기원하였다.

이름 없는 들꽃이라도 되어

길에서 발을 헛딛다

아주 화창한 봄날의 아침이었다. 근처에는 꽃도 많이 피었고, 바람도 시원했다. 그러나 마음처럼 몸은 그다지 가볍지 않았다. 무심코 길을 걷는데, 한쪽 발이 평평치 않은 바닥을 접질리면서, 나는 그만 길바닥에서 "꽈당" 하면서, 세게 넘어졌다. 그 와중에 누가 볼세라, 얼른 일어나, 먼지 묻은 옷을 재정비하고, 아픈 팔과 다리를 절뚝이면서, 집에 돌아왔다. 앞으로 넘어지지 않아서인지, 그다지 아프지를 않아서, '어휴, 참 다행이다…!' 하고 있는데, 아픈 팔이 어마어마하게 붓는 것이었다. 마치 야구공의 크기만큼 부풀었지만, 그다지 통증은 없어서, 근처 한의원에 갔다. 팔에 부항을 뜨니, 피가 철철 나오고, 침을 맞으니, 한결 시원하다. 발에도 부항을 뜨고, 침을 맞으니 한결 시원하다. 그럭저럭 괜찮겠지…! 했지만, 그날 밤에 온몸이 아픈 것이다. 할 수 없이 진통제를 2알이나 먹고 잤다. 다음 날, 그리고 다음 날, 계속 한의원에서 부항을 뜨고, 침을 맞으니 통증과 부기는 그럭저럭 가라앉는다. 넘어진 팔은 시퍼렇게 멍이 들었다. 그나마 다행인 것은 평소, 팔꿈치가 아팠기에 그 부분을 피해서 넘어진 것이다. 발도 복숭아뼈를 피해서 접질린 것은 다행이었다.

나는 그 후로는 밖에서 걸을 때, 내가 가는 길을 세심히 살피고, 운동

화도 발에 잘 맞게 신고, 양말도 두꺼운 것을 신는다. 한 번 넘어진 것에 대한 트라우마가 대단하다. 한의원에는 유난히 넘어진 할아버지, 할머니 환자들이 많으신데, 다들 넘어진 후로는 외출도 되도록 삼간다고 하신다. 아직 젊다고 생각되는 나도 그런데, 그분들은 오죽하실까…! 다들 치료를 받으면서, 입에서는 "아이고. 죽겠네…!" 혹은 "에구구…! 다시는 넘어지지 말아야지…!" 이렇게 굳은 다짐을 하시는 것이다.

그렇다! 우리가 무심코 길을 걷다가는 이렇게 넘어지기가 일쑤이다. 그나마 멍이 들었기에 망정이지, 팔이나, 다리나, 혹은 가슴뼈나, 엉치뼈에 금이라도 간다면 어쩔 것인가? 늘 조심, 또 조심해야 함을 다시 한번 느끼고 있다. 우리 인생길에서도 마찬가지 아닌가? 이제 나이가 들어 뛰거나, 빠르게 걸을 수 없고, 자칫하면 길에서 넘어지기 일쑤이니…! 우리의 삶에서 이제 조심해야 하는 것이 참으로 '중요한 덕목'이 되었다. 그나마, 오른팔이 좀 나아서, 이렇게 컴퓨터 자판을 두드리게 된 것이 참으로 다행스럽다. 요 며칠 추워서, 잔뜩 웅크렸던 몸과 마음을 봄바람에 살며시 풀고, 봄꽃처럼 화사한 셔츠와 스카프를 매고서, 꽃이 한창인 하천길을 산책하는 즐거움을 다시 만끽하는 것이다.

나도 지란지교를 꿈꾼다

내가 여류작가 중에서 가장 좋아하는 수필가는 서울대 '유안진 명예 교수'이시다. 대학 다닐 때, 그분의 시를 많이 읽었고, 내가 미국에 올 즈음 나온, 그분의 저서, 우리가 모두 잘 아는 **《지란지교를 꿈꾸며(1986년 작, 수필집)》**에서는 나이가 들수록, 다시 책을 펴 볼수록 그 깊이를 더해 주는 수필이다. 부담스럽지 않은 언어로, 누구나 꿈꾸는 남녀의 사랑과 우정을 조곤조곤 설명해 준다.

'유안진 교수'는 안동 출신의 양반가에서 장녀로 출생했는데, 그 아래 남동생이 3명 다 이른 나이에 죽음으로써, 그녀의 삶도 역경의 길로 들어서게 된다. 남동생들의 죽음을 액땜한다는 명목으로, 그녀는 어린 나이부터, 집을 떠나 객지를 떠돌며 지내게 되는데, 이때 외로운 그녀가 할 수 있는 일이라고는 헌 책방의 책 읽기와 글 쓰는 일이 유일했다고 한다. 그녀의 글쓰기와 책 읽기가 이런 과정에서 시작되었다니, 참 눈물겹다.

서울대 사대를 졸업 후, 미국에서 박사학위를 받기 위해, 먼 유학길에 올랐을 때도 그녀의 가난은 늘 그녀의 발목을 잡았다. 그녀의 다작을 두고, 비판하는 사람도 있지만, 그녀는 자기 삶에서 창작 작업과 교수로서,

최선을 다했었기에, 그 누가 뭐라 할 수 있는가? 유학을 마치고 돌아와, 서울대의 교수가 되었어도, 그녀와 그녀의 식구들은 늘 가난했다고 한다. 달동네의 작은 집에서 친정 식구와 시댁 식구 8명이 같이 생활했다고 하니, 가히 그녀의 삶을 짐작해 볼 수 있겠다. 대한민국의 모든 청춘이, 중년들이 다 한 번씩 읽어 보았고, 소장한 그녀의 책은 이런 과정에서 탄생한 것이다. 그래서, 더 이 글이 따뜻하게 와닿는지도 모르겠다.

나도 이제 나이를 먹어 감에 따라, 다시 그 책을 펼쳐 보았고, 진정한 '지란지교'에 대한 그녀의 생각에 더욱 공감하게 된다. 남녀, 노소를 불문하고, 서로의 생각과 느낌, 사상과 문화의 정도가 비슷하여 아름다운 교류를 할 수 있으며, 서로가 오랜만에 만나, 차 한 잔씩을 하며, 마주 앉은 소소한 만남과 서로 간의 반가운 대화가 상대방을 성장시키는 그런 만남이다.

사실, 우리 나이에 '열정적인 사랑'은 부담스럽다. 그리고 사랑은 온도와 습도에 따라, 그 정도와 농도에 따라 쉽게 변질되기 쉽다. 그러나, 남녀를 불문하고, 그들 사이의 '아름다운 우정'은 잘 변치 않는다. 그들은 늘 그곳에서 한결같이 나를 기다려 주고, 우리는 같은 길을 걸으며, 동행하는 인생의 좋은 동반자가 될 것이다. 더욱 중요한 것은 나 또한, 좋은 사람이 되기에 게을러지면, 안 된다는 것이다. 좋은 사람을 친구로 가까이 두기 위해서는 나, 또한 그 친구에게 좋은 사람이 되기 위해, 노력해야 함을 느끼고 있다. 5월의 꽃향기가 아름다운 이때, 나도 그런 '향기로운 우정'을 꿈꾼다.

이름 없는 들꽃이라도 되어

삶, 사랑 그리고 상처

우리가 긴 인생길을 걷다 보면, 의도치 않게 돌부리에 걸려 넘어질 때가 있다. 내가 잘못한 일도 없이, 그저 그곳에 돌부리가 있었기 때문에, 우리는 넘어지는 낭패를 당하는 것이다. 당연히, 넘어진 그 자리에는 피도 나고, 아프고, 깊은 상처가 생길 것이다. 깊은 상처가 난 그곳이 다시 아물기까지는, 꽤 시간이 걸리기도 한다. 우리가 사는 삶이란 그런 것이다.

어떻게 우리가 사는 삶에서, 아름다운 사랑과 행복의 무지갯빛 인생만 있으랴!! 나와 전혀 맞지 않는 사람들과 부딪힘에서 상처받고, 아프기도 할 것이다. 그러나 분명한 것은 그 상처가 아물면, 그곳에서 누구도 보지 못한 더 '아름다운 꽃'도 피고, 나도 알지 못했던 '이름 모를 새'도 날아와 그들만의 즐거운 노래를 부를 것이다.

문득, 내가 좋아하는 류시화님의 시집 중에서, **"나의 상처는 돌, 너의 상처는 꽃"**이란 대목이 생각난다.

황금빛 잉어의 꿈

　요 며칠, 전국적으로 비가 많이 와서 우리 동네의 하천에 물이 많이 불었다. 나는 늘 수심이 나지막한 하천에 모여 사는 잉어 떼가 불쌍해서, 하천 주위를 걸을 때마다 자주 들여다보는데, 주로 백로가 노니는 곳에 성인 남자의 굵은 팔뚝만 한 누렇고, 검은 잉어가 여러 마리 서식한다. 사실은 잉어 떼가 무리를 지어 놀고 있어서, 백로나 다른 새 떼들이 모여 드는 것이리라~^^

　오늘은 며칠 간의 장대비가 쏟아진 직후여서, 유난히 유속이 빨라, 하천 물소리가 강물처럼 "출렁출렁~~" 소리가 들리는 듯하다. 아뿔싸! 그때였다.

　　　　　　　　　　　　　　　이름 없는 들꽃이라도 되어

저 멀리에서 누런색 잉어 한 마리가 마치 '연어'처럼 자신이 휩쓸려 온 하천을 거슬러 올라가려고 애쓰는 것이다. 그 근처에는 자신이 도달한 하천에 그럭저럭 적응하려는 여러 마리의 평화로운 잉어 떼 친구들이 유유히 헤엄치며 노는 것이 보인다.

"자신이 연어라도 된다고 생각하는 것일까…?"

그 잉어는 열심히 자기 몸과 꼬리를 세차게 움직이며, 하천을 거슬러 가려는 것이다. 어찌나 기특하기도 하고, 안쓰러운지…. 나는 걷기를 멈추고, 한참을 서서 그 잉어를 관찰하였다. 그 잉어는 수없이 몸을 비틀고, 꼬리를 세차게 움직여 헤엄치며 갖은 애를 써서, 몇 미터의 상류로 이동하였지만, 결국!! 하천을 가로지르는 약 60~70센티 정도의 큰 장벽에 부딪히고 말았다.

마침 5월의 햇살이 뜨겁게 내리쬐는 11시경, 그 누런 잉어의 비늘이 갑자기 찬란한 '황금빛'으로 빛나는 것이 아닌가? 비가 와서, 하천의 물살은 거칠게 밀려오고, 특히 대부분의 하천가는 나지막하지만, 그 황금빛 잉어에게 60~70센티의 턱에서는 더욱 거센 물살이 폭포처럼 쏟아진다.

"아…. 어쩌나…!! 나는 멀리서 지켜볼 수밖에 없는 사람인데…!"

여태껏 그렇게 자신의 운명을 거슬러 올라가는 잉어를 처음 보아서인지, 나는 내일 그 자리로 가서 그 잉어의 '필사적인 도전'을 꼭 지켜볼 예정이다. 나는 그 잉어가 연어처럼, 그 벽을 건너서 힘차게 뛰어올라, 그리운 자기 고향에 도달하기를 간절히 바라고 있다. 그 잉어는 자신이 힘차게 하천을 뛰어오를 때, 다른 친구들과 달리, 자신의 누런 비늘이 '황금빛'으로 찬란히 빛나는 것을 과연 알고나 있었을까…!

그래서 지나가던, 한 사람이 바쁜 걸음을 멈추고, 자신의 황금빛으로 빛나던 그 꿈을 열렬히 응원해 주는 것을 알고나 있을까?

이름 없는 들꽃이라도 되어

작은 화분 속의 들꽃

오랜만에 부산에서 다시 용인에 올라와 보니, 내가 그동안 기르던 화분이 거의 죽어 가고 있었다. 용인에 사는 내 친구가 30~40분의 거리를 차로 달려와서, 한 달에 한 번씩 물을 주었지만, 바깥 날씨가 갑자기 더워지면서, 집 안의 화분은 많이 말라 있었다. 파란 잎이 무성하던 파란 잎은 거의 말라, 앙상하게 이파리만 몇 개 남아 있었고, 보랏빛의 사랑 초는 그나마 이파리가 제법 남아 있었다. 너무 앙상한 화분이 안쓰러워서, 다른 꽃이 달린 식물을 추가하려고 하다가, 이제 곧 미국에 돌아가야 할 시간이어서, 대신 하천가를 산책하다가 만난 풀꽃을 심어 보았다. 돌 틈에서 거의 말라, 비를 간절히 원하는 2개의 풀꽃을 살짝 뽑아서 심었다. 어찌나 흙이 말라 있던지, 풀꽃은 후드득…, 쉽게 뽑혀 버린다. 그중 하나는 노란 꽃이 피는 '애기똥풀꽃'이고, 다른 하나는 노란색의 '금계국'인 것 같다. 비록 바깥에서 환한 햇살과 비를 잘 만나 보지는 못하겠지만, 실내의 내 작은 화분 안에서라도 자신의 아름다운 꽃을 피웠으면 한다.

내 작은 화분 안에서, 진 보랏빛 '사랑 초'가 피었다. 참 질긴 생명력을 지닌 풀꽃 같은 '사랑 초'이다. 나는 햇빛이 잘 드는 곳에 이 화분을 놓아두고, 하트 모양의 이파리를 가끔 멍하니, 바라본다. 사랑 초의 꽃말은

'당신을 끝까지 지켜 줄게요~'이다. 지금 곰곰이 생각해 보니, 우리가 사랑함에 있어서, 결국은 '인내'가 가장 중요한 덕목이 아닐까…? 한다.

아…. 우리 삶에서 사랑은 무엇인가?
(아픔 반, 기쁨 반이 아니던가?)

우리네 긴긴 삶을 돌아보아도 그렇다.
(살아 보니, 슬픔 반, 행복 반이 아니었던가?)

이름 없는 들꽃이라도 되어

좋은 친구와의 만남

우리 동네에는 나의 자랑- '경기도 박물관'과 '백남준 아트센터'가 있고, 그 앞에는 멋진 카페와 이탈리아 음식점이 있다. 멀리서, 내 친구들이 나를 찾아오면, 나는 항상 이곳에서 만나 두 곳의 박물관과 아트센터를 감상하고, 같이 커피를 마시러 이곳으로 향한다. 다음의 사진은 '하이드 파크' 정원 카페인데, 이 카페는 내부도 마치 온실 같이 꾸며져 있다. 큰 화분의 나무들과 온갖 꽃들의 향기가 가득한데, 짙은 커피 향이 어우러져 그곳에는 말로 표현 못 할, 독특한 내음이 난다. 내가 이 카페를 좋아하는 이유이다.

나는 멀리서 온 친구와 시원한 음료를 한잔씩 주문하고, 마침 해 질 녘이어서, 카페 바깥의 '야외정원 테라스'에 갔다. 그곳은 우리가 이전에 즐겨 듣곤 하던, 흘러간 팝송이 나와서 이제 시끄러운 음악을 듣지 못하는, 나이 든 우리가 얘기하고, 음악을 듣기에 편안하다. 베란다의 서쪽에서는 서서히 해가 지고 있었고, 아…! 때마침 우리가 앉은 자리 앞에는 라일락꽃이 보랏빛으로 가득하고, 저 멀리에서는 하얀 아카시아꽃이 아름답게 피어, 그 향기가 한창이다.

어느덧, 5월의 짧은 해가 서서히 저물고, 저녁의 선선한 바람에 좋은 꽃향기가 실려 온다. 우리 귀에 들리는 음악은 이전에 우리가 이십 대, 삼십 대일 적의 카페에서 친구들과 즐겨 들었던 팝송이고, 꽃향기와 더불어 커피 향이 마치 꽃향기를 버무린 맛이 난다. 좋은 사람과의 대화는 시간이 물처럼 흐르는지, 금방 두 시간이 흘렀다.

저녁에는 아래층의 이탈리아 식당에서 '고르곤졸라' 피자와 적당히 매운 '마레 해물 파스타'를 맛있게 먹었다. 저녁을 맛있게 먹고, 친구와 나는 손을 잡고 집 근처 하천가를 산책했다. 저녁 산책을 하는 하천가에는 벌써 어둠이 조금씩 내려앉고, 색색의 네온등이 켜진다. 날씨는 어느새, 쌀쌀하다. 우리는 서둘러 겉옷을 걸친다. 5월의 향기로운 꽃들이 우리 옆에 가득히 피어 있고, 멀리서 온 친구와 먹었던 맛난 음식들, 무엇보다도 친구와의 따뜻한 대화가 '꽃보다 더 향기로운 시간'이었다. 마음 맞는 친구와의 대화는 '해 질 녘, 저녁 무렵의 석양'처럼 아름답게 우리 곁에서 흘러갔다.

이름 없는 들꽃이라도 되어

들꽃 예찬

이제 길가에는 버드나무와 느티나무의 씨앗들이 솜털처럼 흩날리는 초여름이 다가왔다. 봄의 시작을 알리며, 연분홍 꽃비를 내리던 벚꽃이며, 길가를 노랗게 물들이던 개나리며, 하얀 목련은 한창때를 지나고 이제 울긋불긋한 철쭉꽃만이 온 산하를 빨갛게 물들이고 있다. 내가 지금 머무르는 용인의 하천 옆, 길가에는 온갖 들꽃들이 한껏 아름답게 피어나서, 자신의 존재감을 뽐내고 있다. 그 뒤편의 하천 안을 들여다보면, 성인 남자의 굵은 팔뚝만 한 싱싱한 잉어 떼가 몇십 마리씩 헤엄치며 돌아다닌다. 아마도, 비가 많이 오는 날, 저 위편의 한강 지류에서 거센 물살에 밀려온 것 일 게다. 다시 자신이 살던 강가로 올라갈 수도 없는 것을 알기 때문일까? 그다지 깊지 않은 하천 안에서, 나름의 먹이 활동을 하는 모습이 안쓰럽게 보인다. 강에서 밀려온 여러 어류가 많이 살다 보니, 자연스럽게 하얀 백로며, 목이 긴 황새와 청둥오리 떼 등도 같이 서식하고 있어서, 이렇게 복잡한 도심에서 그런 조류들을 보는 재미가 있다.

요즈음, 온 천지에 노란 물이 들었다. 가까이에서 보니 '애기똥풀'이라 불리는 노란 들꽃 무리이다. 저 멀리에는 아파트가 즐비한데, 하천가에는 온갖 들풀과 들꽃들이 조경 화초인 철쭉 무리와 더불어 핀 모습이 조화롭다. 누가 들꽃이 초라하다 했던가? 비록 향기는 없을지라도, 그들이 무리를 지어 피어 있는 모습은 어떤 꽃보다도 아름답고, 그 존재감이 확실하다.

　이제 하얀 배추꽃 흰 나비가 꽃들 사이를 날아다니고 있다. 좀 더 날씨가 더워지면, 아름다운 자태의 호랑나비며, 온갖 벌이며, 노래하는 작은 새들이 날아다닐 것이다. 물론, 좋은 것만 있는 것은 아니다. 날이 점점 더워지니, 하천에서 깨어난 하루살이며, 하루살이 곤충 종류가 눈을 뜨지 못할 정도로, 하천 길을 걷는 내 앞을 가로막고 있다. 날이 좀 더 더워지면, 모기며 파리며, 온갖 벌레들도 만만찮게 깨어나리라! 그러나 어쩌랴…! 우리 동네의 자연 생태 공원 안에서는 그 모든 것이 자연스럽게 어우러지기 때문이다. 오늘 하루도 눈이 부시게 푸른 하늘 아래에서 신나게 걷고, 하천가의 들꽃들과 하천 안의 잉어들이 가득한 아름다운 자연 속에서 행복한 하루였다.

40년 만의 비행, 송골매 콘서트

　　2023년 구정 바로 전날이었다. 어머니와 함께, 다음 날 먹을 구정 음식을 만들면서 무심코 텔레비전을 보고 있었는데, 마침 KBS한국방송에서 밤 10시경에, '송골매 콘서트'를 하고 있었다. 그 프로그램의 제목은 **〈40년 만의 비행〉**이었다. 나는 평소 나이 든, 은발의 배철수 씨를 좋아한다. 사실, 처음 '송골매' 밴드 시절의 그의 겉모습은 영락없는 건달들처럼 거칠었고, 그의 눈빛은 반항적이면서, 불안정해 보였는데, 현재 그의 아내가 된 박 피디가 그를 라디오 프로그램에 섭외하면서, 점차 그의 삶은 안정되어 간다. 그가 가장 멋있게 나이 든, 60대의 연예인, 가수라고 하는 데, 나는 추호도 망설이지 않겠다.

　　그가 진행하는 **〈배철수의 음악캠프〉**를 30년간이나, 성실하게 진행하는 것을 보면서, 그의 반항적인 눈빛은 음악에 대한 진실함으로, 사람들에 대한 따스한 배려로 바뀜을 알겠다. 그 방송의 좋은 진행자가 되기 위해, 30년 동안 저녁 약속을 잡은 적이 없으며, 미리 약속된 일정이 아닌 것으로는 한 번도 결근하지 않았다는 데서, 그의 일상의 성실함과 음악에 대한 사랑을 엿볼 수가 있겠다.

그날의 콘서트에는 내 나이 또래의 사람들이 가득 모여서, 지나간 우리들의 젊은 날들을 그리움으로 추억하고 있었다. 그들의 눈에 가득한 그것은 바로, 30~40년이 훌쩍 지나가 버린 우리들의 반짝이던 젊은 날에 대한 그리움이었을 게다. 내가 환하게 솟구쳐 오르던 젊은 한때, 가장 빛나던 청춘의 한때, 신촌의 거리를 누비고 다니던 그때…! 늘 거리에서나, 학교 주변의 카페와 음식점에서는, 그리고 카세트테이프를 팔던 길가, 손수레의 스피커에서는 그들의 노래가 줄기차게 나왔었다. 어느 서울의 대학교 축제나, 명동거리의 노점상이나, 손수레 위에는 늘 복사된 그들의 테이프가 가득했었다. 그 시절은 그냥 모든 것이 좋았고, 하루하루가 설레는 때였다. 무엇을 먹어도 맛이 있었고, 무엇을 보아도 즐거웠다. 그때는 그 젊음이 그리 귀한 것인지를 몰랐었는데, 한참 시간이 흘러, 드디어 내 머리 위에 하얀 눈꽃이 내리고, 내 온몸이 아파질 때에서야….

'아! 그때, 그 시절이 그리웠다.' 다시는 돌아오지 않을 내 젊음의 그 한때가, 육십이 된 지금에서야 너무도 절실하게 그때의 소중함을 깨닫게 되는 것이다.

온통 푸른 조명과 무대가 하늘처럼 펼쳐지고 있었다. 은발의 기타 치던 배철수 씨와 그 옆의 구창모 씨가 큰 새가 되어, 저 하늘로 높이 높이 나르는 순간이었다! 그때였다. 사람이 산처럼 푸르러 보이고, 하늘처럼 맑게 보이던 순간…! 우리는 동시대를 아파하고, 같이 기뻐하며 살아온 사람임을 가슴 저리게 느끼게 된다. 거기에 모인 우리 또래의 중년들이 다 같이 그들의 노래를 떼창을 하는데, 그것을 바라보는 내 눈에도, 그곳에서 다 같이 떼창을 하던 그들의 눈에도 반짝이는 이슬이 맺혀 있는 것

이름 없는 들꽃이라도 되어

이다. 이 후렴 구절을 다 같이 세 번 이상을 반복하면서, 모든 무대는 끝이 났고, 모두 앙코르를 요청하자, 구창모 씨가 자신의 히트곡, 〈**모두 다 사랑하리**〉를 불렀다. 밴드의 전주가 시작되고, 모인 관중들이 하나가 되어, 같이 손뼉을 치며, 노래를 부른다.

"타오르는 태양도, 날아가는 저 새도, 다 모두 다 사랑하리~"

구창모 씨가 자신의 욕심으로 솔로로 전향하여, 팀을 나가지 않았더라면, 그들은 아마, 현존하는 가장 나이 든 '록 그룹'으로 멋지게 늙어 갈 것인데, 매우 아쉬운 부분이다.

구정 전날, 다시 나이를 한 살, 한 살 더 먹어 감에 다소 우울하던 우리는 모두 이제 지나간 추억의 푸르른 날개를 달고, 이렇게 밤새도록 저 푸른 하늘로 높이… 더 높이…, 비상하는 '새가 되어 나르는 멋진 꿈'을 꿀는지도 모르겠다.

빨래가 좋은 이유

나는 빨래가 좋다. 아니 선명한 햇빛에 내가 입던 때가 묻은 빨래를 깨끗이 빨아서, 내다 말리는 그 작업이 좋다.

미국에서는 모든 빨래를 세탁한 후에, 곧장 건조기에서 말려 나오기에, 모든 빨래는 그저 화학적 린스 냄새가 날 뿐이지만, 이곳- 한국에서는 빨래를 세탁기에 돌린 후에, 대부분이 베란다에서 햇볕에 말리기에 그 냄새가 좋다. 말린 빨래에서 묻어 나오는 그 뽀송뽀송한 햇빛 냄새라고나 할까? 겨울에는 햇빛이 희미하기에 연한 미색 정도의 냄새가 나고, 한여름에는 너무도 햇빛이 강렬하기에 아주 노랗거나, 진한 오렌지빛의 냄새가 나는 것이다. 봄에는 분홍 꽃잎 냄새가 나고, 가을에는 짙은 가을의 낙엽 냄새가 난다.

빨래는 우리의 모든 더러움을 씻어 내는 정결의 의식이며, 새로움을 가져다주는 환희의 작업이다. 이전에는 여성들의 노동 착취로 이루어진 고난의 작업이었지만, 현재는 너무도 발전한 세탁 기능으로 거의 인간의 손이 닿지 않아도 되는 전자동에 이르는 고도의 세밀한 작업이 되었다. 가끔 텔레비전에서 이전의 동네 공동 빨래터나, 흐르는 개울가에서 동네 아줌마들이 삼삼오오 모여서 빨래하고, 그 빨래를 머리에 이고 가는 고된 작업을 본 적이 있었다. 그런 작업에 이런 낭만은 끼일 틈이 없을 것이지만, 나는 때때로 나의 친한 친구들과 더불어 그런 작업을 하고 싶다는 강렬한 충동에 휩싸일 때가 있다.

나는 오늘도 빨래를 한가득하고, 색색의 빨래를 말려 본다. 하얀색 속옷은 마치 구름이 되어 나르는 듯하고, 내 분홍과 노란 셔츠와 스웨터는 봄날의 꽃이 되어 흩날린다.

파란 청바지와 파란 수건은 마치 저 파란 하늘이 되어 내 우울한 베란다를 환하게 밝혀 준다.

내일은 베란다에 널어 둔, 마른빨래에 햇빛 냄새가 골고루 배서, 그 빨래를 바구니 가득히 담아 방 안에 들여오면, 우울하던 내 방 안에도 환한 '봄의 햇빛 냄새'가 가득히 배어들어 올 것이다.

행복하여라, 이곳의 풍경은…

봄이 한껏 무르익었다. 천지 사방에 분홍 물이 들어, 거리가 환하더니, 어느새 그 나무들에서는 화려한 꽃비가 되어 내리고, 그 자리엔 푸릇푸릇한 잎새들이 자라고 있다. 이렇게 아름다운 계절이 있음에 지나간 겨울의 쓰라린 잔재를 다 잊고, 우리는 행복한 꿈을 꾸며 살아가는 것이다.

내가 사는 아파트는 최근에 지어진 것이라, 이런 운치 있는 풍경 대신, 산뜻한 조경들과 열대 야자수 나무, 절벽의 바위에서 쏟아져 내리는 분수, 아름다운 수영장 등이 설치되어 있다. 이것 또한 시원하고, 이국적인 볼거리이지만, 우리 옆 동네의 아파트는 아주 오래전에 지어진 아파트인데, 그에 걸맞게 아주 오래된, 아름드리 벚나무가 가로수로 쭉 길가에 심겨 있어서, 이런 봄철에는 아주 장관을 이루고, 지나가는 사람들은 사진기를 꺼내 들고 사진을 찍는다.

이 와중에 아주 행복한 '풍경 하나'가 내 눈에 들어온다. 아름다운 벚나무로 천장을 이루고, 진분홍 진달래며, 붉은 동백꽃이 벽을 이룬 경비실이다. 나는 얼른 사진기를 꺼내 들며, 혼자 말하였다.

이름 없는 들꽃이라도 되어

"와, 얼마나 행복하실까? 이곳에 근무하시는 아저씨는…!"

그러나 정작, 이 경비실의 담당 경비아저씨는 아파트 주변의 쓰레기 처리며, 단지 내의 협소한 주차장 관리, 꽃과 이파리가 떨어진 길가 청소 등으로 이 멋진 풍경을 돌아볼 여유가 없으신 듯하였다.

우리의 삶도 이와 마찬가지 아닌가? 자기 삶에 주어진 아름다움을 놓치며, 하루하루 정신없이 살아 내고 있는 것은 아닌지, 오늘 하루, 나 자신을 돌아보게 된다.

봄의 교향곡

　나는 내일 있을 내시경 검사를 위해, 며칠 전부터 식이요법을 하다가, 오늘은 흰죽과 흰 식빵, 우유와 맑은 주스만 먹으며, 마지막 장 비우기를 한다. 내일 새벽에는 병원에서 준 약을 먹고, 완전히 장을 비울 예정이다. 그동안 내가 먹고 싶은 것을 잘 먹은 것도 지금 생각하니 참, 행복이었다. 아무런 간이 없는 것만 먹으니, 유난히 냄새에 예민한 것 같다. 담당 간호사에게 물으니, 씨가 없는 '과일잼' 정도는 발라 먹어도 된다고 하기에, 잼을 사러 없는 기운을 억지로 내며 살살 바깥에 나가 보았다.

'아, 이것이 봄의 냄새인가?'

이름 없는 들꽃이라도 되어

하늘엔 미세먼지가 뿌옇기에 마스크를 끼었지만, 그 사이로 봄의 냄새가 스멀스멀 스며들어 온다. 어제 풀과 나무 등을 새로 깎았던지, 먼저 파르스름한 풀과 새싹에서 나는 냄새, 그리고 어제부터 가동한 인공 절벽 위의 폭포수에선 비린내가 났고, 다소 더운 듯한 햇빛 냄새가 나지근하다. 잼을 사러 마트에 가는데, 길가에 심어진 큰 벚나무 아래에 만개한 벚꽃들이 하늘하늘 비가 되어 날리고 있고, 땅에 떨어진 꽃잎들이 마르며 나는 냄새일까? 먼지 냄새와 함께 달지근한 냄새가 난다. 나는 일부러 꽃이 많이 핀 벚나무 아래를 걸었는데, 분홍 벚꽃잎을 밟으며 걷는 내 마음이 황홀하다. 마치 연지 곤지 찍고, 결혼한 새색시가 되어, 꽃길을 걷는 듯한 느낌이랄까?

유난히 올해, 꽃을 보는 내 마음이 남다르게 느껴진다. 저 멀리에선 짝짓기 하려는 온갖 새들의 울음소리가 드높고, 진분홍과 빨강, 하얀 철쭉과 연보랏빛 진달래꽃들 사이에선 처음으로 보는 노란 나비들이 날고 있었는데, 아…! 그때였다. 몸에 기운이 없이 터벅터벅 걷던 내 귀에선 내가 그동안, 미처 들어보지도 못했던 어느 작곡가의 '봄의 교향곡'이 온 천지를 울리면서 장엄하게 연주되는 것이었다.

포토 에세이

: 아주 사소한 들꽃 여행

아름다운 5월의 꽃향기가 무르익는 주말이었다. 어린이날이 끼인 5월의 첫 주, 연휴에는 지금 한창이라는 들꽃을 보려고, 경기도 남양주와 가평, 강원도의 춘천 등지를 다녀왔다. 사람이 많이 모이는 번잡한 곳을 피해, 덜 유명한 곳으로 한적하게 친구와 둘이서만 떠난 **'들꽃 여행'**이었다. 마침 그 주말에는 봄비가 추적추적 오고, 북한강 강가에는 물안개가 가득했다. 북한강의 강가를 돌면서, 드라이브하는데, 차 안에는 물안개의 뿌연 냄새가 가득하다.

먼저, 남양주에 있는 **'왈츠와 닥터만'** 커피 박물관에 가 보았다. 담쟁이가 붉은 벽돌을 감고 있는 멋진 박물관의 2층에서는 커피의 역사와 종류 등등, 자세한 정보를 알게 되었다. 그곳에 상주하는 바리스타에게 커피의 역사며, 커피 맛있게 내리는 법, 커피의 종류 등등…. 자세한 설명

이름 없는 들꽃이라도 되어

을 들으며, 핸드드립 커피를 직접 갈아 내려 보는 경험도 좋았다.

건물의 1층에는 전망이 아주 좋은 음식점이 있고, 매월 마지막 주의 금요일에는 **'작은 음악회'**가 열린다고 한다. 강가에 있는 전망 때문인지, 음식 가격은 상당히 비싼 편이다.

커피 박물관의 내부 모습이다. 오래된 사진들과 이전 다방의 모습으로 실내 장식을 써서인지, 지금 사진을 찍어 보아도 1970-1980년대 같다. 오래된 다방의 모습을 재현해 놓아서인지, 그곳의 커피 향과 더불어 '오래된 추억의 냄새'가 가득한 곳이었다.

그 후 남양주에 있는 40만 평의 '종합 영화 촬영소'를 가 보았는데, 오랜 경영난으로 이제 문을 닫고, 새로운 관광지로 개발하려는 것 같았다. 아쉬움을 남기고, 다시 길을 재촉한다. 역시, 춘천. 가평 등지에는 온통 닭갈비와 막국수 천지였다. 유명한 맛집에서 숯불 닭갈비와 메밀 막국수로 점심을 해결하고 다시 길을 떠난다!

이곳은 운길산 정상에 있는 '수종사'이다. 겨우 가파른 중턱까지 차를 대고, 정상에 있는 사찰까지 약 1.2km를 걸었는데, 어찌나 가파르던지…. 그러나 올라와 보니, 역시 그곳의 장엄한 풍광과 아름다운 사찰 내부의 모습에 놀랐다. (거의 1시간의 거친 등산 코스였다.)

마침, 날이 흐리고 비가 와서인지, 부처님상을 바라보는 느낌이 다르다. 왠지 영험하다는 사람들의 평처럼, 내 느낌으로도 영험하다는 기운이 느껴지는 '부처님상'이다. 세조가 이곳에서 기도 후, 그의 오랜 지병이 나았다고 하여, 그 후 이곳에서는 왕가의 여인들이 주로 소원 기도를 올렸다 한다.

이름 없는 들꽃이라도 되어

다시 가평으로 가는 길에 내 눈에 띈 것은 한옥으로 올린 '7-11 편의점'이다. 처음 보는 한옥과 편의점의 조합에 저절로 미소가 나온다. 이 동네와 잘 어울리는 편의점 모습에 미국의 친구들에게 보여 주려고, 한 컷 찍어 보았다.

비가 오는 길을 천천히 차를 몰아 달려 보니, 드디어 우리의 목적지인 **'들꽃수목원'**에 도달했다. 다른 수목원에 비해, 그렇게 큰 규모는 아니었지만, 5월에 피는 각가지의 들꽃에 관한 정보도 많았고, 수많은 들꽃 옆에 놓인 각가지 모습의 동물, 소년과 소녀들의 다양한 청동상이 어울려져 더욱 정감이 간다. 마침 비가 오락가락하는 날씨여서, 친구가 큰 우산을 받쳐 주어서 들꽃과 정원의 사진을 찍었는데, 다행히 사진은 더 '추억의 한 장면' 같은 아련함이 스민 듯이 잘 나온 것 같다.

　길을 쭉 따라오니, 가운데에 있는 '허브 온실'이다. 온갖 들꽃과 온실, 가득한 허브향으로 그 안에서는 오묘한 향기가 난다. 이런 향기는 사람의 마음을 참 평화스럽고, 아늑하게 만들어 준다.

　이제 비가 내리던 5월의 첫 주, 내가 가장 기대했던, 들꽃수목원의 아름다운 사진들을 감상해 보자! 큰 나무 아래에서, 푸른 희망을 품고 저 하늘을 바라보는, 유쾌한 소년의 모습이 주위의 환한 들꽃 무리와 너무

잘 어울린다.

화려한 들꽃들 사이에서 원숭이의 익살스러운 모습이 보인다. 뒤편
소박한 들꽃박물관이 보인다. 어린아이들의 견학용으로 좋은 장소이다.

아래는 한낮의 낮잠을 자는 소년의 모습이다. 세상에…! 이토록 아름 다운 낮잠이 있을까? 들꽃 사이에서 곤하게 잠을 자는 소년의 모습이 아 름답다.

다음은 아름다운 여신(천사)의 모습이다. 너무도 화려한 색감의 들 꽃 무리가 마치 합창하면서, 그녀를 경배하는 듯이 보인다. 들꽃들과 더 불어, 더욱 그녀의 미소가 아름답다. 세상에 가장 아름다운 것은 꽃이 피 어 있는 모습이 아닌가? 그러나, 아쉽게도 세찬 봄비를 잔뜩 맞아서, 들 꽃의 색감은 좀 시들어 보인다.

그 아래는 요정들과 화려한 들꽃들이다. 사실, 들꽃 자체만으로도 아름다운데, 그 옆의 아기자기한 청동상들이 주는 매력 또한 크다. 갖가지로 아름답게 피어난, 봄의 들꽃들 사이에서 테마를 이루듯이 소년, 소녀들의 동상들이 그림처럼 아름답게 어우러져 있었다.

우리는 경기도를 지나, 강원도의 춘천으로 넘어갔다. 역시, 강원도는 강원도다…! 어찌나 주위에 높은 산이 많던지…. 날이 흐리고, 비가 오는 날씨여서, 그 근처를 도는 드라이브는 멋지기도 하고, 약간 아찔하기도 했다.

먼저, 춘천의 가운데를 유유히 흐르는 유명한 소양강 강가의 처녀상과 '소양강 처녀' 노래비이다. 강가에는 하늘 산책로와 오리 배, 그리고 강을 돌며, 청평으로 가는 유람선이 있었는데, 이날, 비가 많이 와서 생략하였다. 그러나 사진은 뜻밖에 너무 멋있게 나와서 좋았다. 그곳을 둘러본 내 소감은 처녀 뱃사공으로 부모를 봉양한 '소양강 처녀'가 마치 독

이름 없는 들꽃이라도 되어

립투사인 것처럼, 그 동상이 너무도 거대해서 보기에 좀 어색했다. 그러나 강가를 배경으로 해서 보기에 시원하고, 저 멀리에 아름다운 전망이 쫙 펼쳐진다.

유명한 소양강을 주제로 한 가요, 〈**처녀 뱃사공**〉 노래의 가사비가 세워져 있고, 그 옆의 버튼을 누르니, 구슬프게 노래도 흘러나온다.

춘천에 오면, 꼭 방문해 보고 싶었던, 춘천에 있는 '김유정 작가'의 생가가 있는 마을이다. 30세가 되기 전에 요절한 그는 춘천이 고향이다. 춘천시에서 그 일대를 '문화 체험 장소'로 꾸며 낸 좋은 경험이었다. 김유정 작가의 생가를 중심으로, 여러 가지 체험관과 작가의 글쓰기 방 등등…. 학생들의 견학에 맞추어 볼거리와 좋은 학습을 제공하고 있었다.

김유정 작가의 생가터이다. 그 당시에도 상당히 부유한 집안이었던 것 같다. 오른편에 보이는 곳이 '김유정 문학관'인데, 주로 견학을 오는

이름 없는 들꽃이라도 되어

학생들이 많았다. 참 기품이 있게, 잘 꾸며 놓은 곳이었고, 그의 문학 작품을 공연으로 올리기도 하는데, 우리는 시간이 맞지 않아, 보지 못하고 왔다.

춘천을 둘러보고, 다시 집으로 가는 길에 들러 본, 가평에 있는 유럽풍 정원 '제이드 가든'의 모습이다. 이름처럼, 곳곳에 온갖 나무 정원과 이름 모를 온갖 들꽃들과 아름답게 조경해 놓은 나무들이 아름다운 곳이다. 건물을 유럽식으로 해 놓아서, 곳곳에서, 결혼을 앞둔, 신랑, 신부가 결혼 촬영도 하고 있었다.

세상에 꽃보다 아름다운 풍경은 없을 것이다. 마치 유럽의 정원을 보는 듯한 착각이 일 정도로, 아름다운 곳이다. 비를 맞은 5월의 신록이 정말 초록 물감을 뿌린 듯이, 푸르게 빛나고 있었다.

　마지막으로 집으로 가는 길에, **가평의 '쁘띠 프랑스'와 '쁘띠 이태리'**
마을을 가 보았다. 사진이 너무 아름답게 나온다는 평을 보고, 가 보았는
데, 마침 비가 추적추적 내리는 날이어서, 뒤편에 보이는 북한강 강가의
물안개와 구름으로 뒤덮인 산등성이며, 참으로 아름다운 곳에 자리를
잡은 것 같았다. 마치 붓으로 그린 듯이 더더욱 아련한 풍경이 사진에 담
겨 나왔다.

　　　　　　　　　　　　　　　　이름 없는 들꽃이라도 되어

《*어린 왕자*》를 모티브로 한 왼편의 마을은 프랑스풍, 오른편은 《*피노키오*》를 모티브로 한 이탈리아풍의 마을로 꾸며 놓았다. 정말 내가 동화의 나라에 온 듯한 착각에 빠질 정도였다. 마치 물감으로 그린 듯한 아름다운 배경에 정말 감탄하게 된다. 푸른 산과 안개 가득한 강, 흐린 하늘과 낮게 내려앉은 구름…. 주위의 풍광으로 인해서, 더더욱 아름답고, 기억에 남는 장소가 되는 것 같았다.

이곳은 마치 '동화의 한 장면' 같은 아름다운 곳이다. 저 멀리에서는 북한강이 물안개로 자욱하게 보인다. 그 너머에는 나지막한 산등성이가 하늘과 맞닿은 듯이 보이고, 곳곳에는 프랑스풍의 건물(주로 숙박업소)과 맛있는 빵집이 가득하다. 우리는 파스타와 피자로 저녁을 해결하고…! 집으로 돌아오는 길에 자담 157 카페(1~3층)에 들렀다.

이름 없는 들꽃이라도 되어

  이곳은 젊은 층에 아주 유명한 프랑스 빵집이다. 사실, 우리에게 빵 맛은 그저 그랬지만, 지하층에서 북한강의 산책로가 직접 연결되어 인기가 많은 것 같았다. 여기에서 따뜻한 커피와 달콤한 케이크로 마지막 마무리를 하고 나오니, 벌써 연휴의 엄청난 차들이 줄줄이 도로에 줄지어 서 있다. 우리는 마음이 급해서, 차가 막히기 전에 서둘러 집으로 향했다. 우리는 밤이 되어서야, 겨우 집에 도착할 수 있었다.

실컷 들꽃들을 보고, 느끼고, 사진으로 담아 온 짧은 여행이었지만, 역시 '여행의 목적'은 내 집과 나의 평범한 일상이 제일 편하다는 것을 새삼스레, 느끼게 된다는 것이다. 늘 새로운 곳으로의 여행은 즐겁지만, 많이 걷고, 잠자리도 불편했던 '2박 3일' 코스로 결국 내 입술이 부르트고 말았다. 그러나, 아름다운 추억의 한 자락이 들꽃의 향기와 더불어 내 가슴에 그림처럼 남았다.

"아, 이렇게 아름다운 5월이라니…!"

이름 없는 들꽃이라도 되어

그리운 그대에게 주는 시

그리움이 내리다

사람이 사람을 그리워해서 그를 보고파하고
가슴이 저려 오도록 생각이 나는 것은
그 얼마나 다사로운 일인가

사람이 사람들과 더불어 사랑을 나누고
따뜻한 정을 나누는 일은
가만히 피어 있는 꽃보다 얼마나 향기롭고
또 얼마나 따뜻한 일인가

내가 또 너와 더불어 삶을 이야기할 수 있고
긴 인생의 길에서 다정한 벗으로
우리가 함께 살아가는 것은
그 얼마나 삶의 무지갯빛 같은 찬란한 순간인가

이름 없는 들꽃이라도 되어

삶의 길 위에서

삶이 이대로 지나가도 좋은가
나는 늘 이런 삶에 대하여, 여러 의문을 가지고 살았었네
길고 긴 삶의 길 위에서, 나는 깊고도 넓은 위로와 사랑
그리고 그보다 더 많은 좌절을 경험했다네

다시 한번 삶의 길에 서 본다면
다시 그때로 돌아갈 수 있다면
과연 나는 무엇이라 말할 것인가
서서히 내 삶의 빛나던 한때는 저물어 가고
나는 이제 내 삶의 저물어 가는 아름다운 석양을
바라보고 있는데…

저물어 가는 석양의 아름다움은 내게 말하리라
나도 한때는 정오의 뜨거운 태양이었노라고…
이제 나는 겸손히 말하리라
나의 삶은 저물어 가지만, 지나간 그때
나도 누구보다도 뜨거운 삶을 살았노라고…

뜨거운 열정으로 살아가는 젊은이들이여

그대들의 가슴속에 가득 찬 태양과도 같은

열정을 불태우라고…

단 한 번뿐인 인생에서

질척이다가, 그 누구도 후회하지 말기를…

삶이란 이다지도 고귀한 것임을 이제서야 나는

뼈저리게 느끼고 있다네

이름 없는 들꽃이라도 되어

사계절이 다가오는 소리

다정한 그대여
봄이 다가오는 소리를 들었는가
그 소리는 저 겨울의 깊은 절망을 뚫고서
새봄의 아지랑이처럼 살며시 다가오더라

내 그리운 친구여
당신 곁에 여름이 다가오는 기척을 느끼는가
어지럽던 봄꽃의 향기가 다 사라져 갈 무렵, 방금 나온 어린
나뭇잎들이 연녹색으로 환하게 바람에 흔들리는 그 소리…

사랑하는 당신
당신이 사랑하던 그 가을이 어떻게 문을 두드리는지
당신은 아는가? 한낮의 더운 공기가 어느새
시원한 바람이 되어, 쓸쓸하던 저녁에는

단풍이 물든 가을 냄새가 난다고 하였지

항상 그리운 그대들이여…

봄이 지나 여름이 오고 다시 가을이 오면서
그대들은 겨울이 다가옴을 잊었는가
그 추운 겨울바람에 고통스러운
시간을 보낸 그대들을 생각하면
나 항상 마음 아팠었노라고…

이름 없는 들꽃이라도 되어

이름 없는 들꽃 한 송이로 피어…

저 길가에 핀 이름 없는 들꽃 한 송이를 보았니
누구의 허락도 없이 피었다가, 어느 한 날
아무도 모르게 쓸쓸히 져 버리는 들꽃의 삶

우리 삶도 그와 같은 것 아닐까

어제는 따뜻한 햇살 아래 아름답게 피었지만
오늘은 센 바람과 세찬 비에 모가지가 흔들리는
들꽃 한 송이가 오늘따라 애잔하구나

나는 너에게 묻는다

저 길가의 들꽃 한 송이를 보았느냐고
그녀가 아름답게 피었다가 사라져 버린 오늘
그녀의 슬픈 노랫소리를 들어 보았느냐고…

우리가 삶을 살아갈 때

한 사람의 마음이 내게로 다가온다는 것은
정말 어마어마한 일이지
그것은 바로, 그 마음을 통해 한 사람의 일생이
내게로 다가오기 때문이야

내 삶에 있어서 오르막길과 내리막길의 고비마다
참 좋은 분들이 다가와 나에게 수많은 꿈과 사랑을
그리고 큰 행복과 위로를 주었기 때문이야

그 고마움은 지금 되돌아볼 때,
이루 다 말할 수가 없을 정도란다
사랑 그리고 우정 그 외에도 많은 의미 있는 만남들…
우리 삶에는 알게 모르게 많은 방문객이 있었지

다가오는 이 봄에는 우리 모두에게
더 좋은 만남과 인연의 향기가 가득하길…

이름 없는 들꽃이라도 되어

마음이 아픈 친구에게

네 소식을 전해 듣고 너무 맘이 아팠고
너에게 도대체 무슨 위로를 할까? 나는 막막하기만 하다
나도 짧지 않은 인생을 살다 보니 모든 사람은 다 제각기
상처와 그늘을 갖고 있더라는 것을 알게 되었단다

누구도 다른 사람의 문제를 해결해 줄 수 없지만
그 아픔과 그늘 옆에서 그를 멀리서 바라봐 주고 따뜻하게
너의 두 손을 잡아 주는 것
그게 가장 절실하다는 것을 나도 뒤늦게 알게 되었어…

그늘이 없는 사람은 없다고 생각해
다만 자기 안에 그런 그늘이 있다는 것을 모르고 있거나
재산이나 지위나 어떤 타이틀로 혹은 단단하고
가시가 돋친 자존심이라는 껍질로 자기를 보호하고
자기의 그늘을 덮으려는 이들은 있지만 말이야

그래서 네가 겪었던 그늘이 있었기에

다른 사람이 쉼을 얻을 수 있는 그늘이 될 수 있는 거고
언젠가는 그곳에 햇살이 비추는 걸 믿기에…
그래서 너 또한 다른 이들의 눈물을 닦아 주는 날이
오리란 걸 믿는단다

"사랑하는 친구야. 저 멀리 가을이 다가오는데
우리 같이 저 가을을 마중 나가 보지 않으련?"

이름 없는 들꽃이라도 되어

'사랑'이라는 단어

단 한 번의 삶에서 불꽃처럼
타올랐던 사랑이었지
너를 이생에서 만남이 행운이었다
들풀처럼 아스라이 쓰러져 가는
잿빛의 세상에서 너를 만난 그 순간
'반짝하던 빛'이 있었지
주위를 다 밝힌 너의 환한 빛…

우리 주위의 선연히 타오르던
불꽃 같은 예감. 아… 너와
다시 한번 사랑할 수 있다면
내 가진 모든 것을 내놓아도 좋겠다
너를 위해서라면 내가 가진 그 어떤 것도
아깝지 않아 너를 얻을 수만 있다면
'나를 버림' 또한 행복이겠다

단 한 번의 삶… 이 찰나의 생에서

기적처럼 너를 만난 이 세상이 행복하였다
너를 만나게 된 인연에
오직 감사하는 맘으로 살고 싶구나…

네가 있어서 더 이상
외롭단 말을 하지 않아도 될 것 같고
내 안에 가득한 이것은 바로 '삶의 충만함'

네가 있으므로 이 세상 무엇으로도
바꾸지 않을 생의 '안도감' 같은 거…
앞으로도 아름답게 잘 살아서
당신과 함께 이 **'축복'**을
오래도록 누려야겠다고 생각해 본다

이름 없는 들꽃이라도 되어

무제 3

- 내 사랑하는 사람에게 선물이 되고 싶다

사랑하는 그에게 삶의 아름다운 것들만 가득히 넣은
꽃바구니가 되어 그의 문 앞에서 조용히
침묵하면서, 그를 기다리고 싶다
이 세상의 모든 음률과 아름다운 소리를
거기에 내 사랑하는 마음조차도 가득 담은
꽃향기 나는 바람이 되어 그의 강물같이 깊고 푸른
가슴 한가운데를 무작정 걸어 보고 싶다

- 늘 사랑 때문에 아팠다

내가 다 가질 수 없음에 혹은

나는 마음이 내키지 않기에 다가오는 사람에게는
깊은 상처를 주었고 내가 다가서고 싶은 사람에게는
부질없는 집착을 하였다

이제 성숙한 사랑으로 마주하고 싶다
웬만한 결점은 내가 보완해 주고
너그러운 마음으로 그의 삶을 바라보아 주고
나만 바라보라고 결코 이기적인 마음을 갖지 않으리라

그를 사랑하는 마음이면 이제 족하지 않으리
다 주고 싶은 마음 그 하나면 되지 않았으랴

늘 준 만큼 받은 만큼 계산하면서 살아온 탓이지
사랑함에 있어서도 내가 준 것 내가 받은 것을 따지며
'어? 내가 손해인데?'
어느새 나도 눈치 빠르게 손익 계산을 하고 있었다

- 이제 순수한 맘으로 사랑을 해 보이리라

이름 없는 들꽃이라도 되어

나를 다 내어 주어도 아깝지 않은

사람이 되어서, 내가 남은 것이 하나도 없다는 것을

느낄 정도로 헐벗고 가난한 사람이 되어

그에게 내 상처조차 내어 보일 수 있는

그렇게 가을처럼 쓸쓸하고

겨울처럼 춥고 배고픈 '가난한 사랑'을 하고 싶다

그리운 그대에게 주는 시

삶이란…!

삶이란
알 수 없는 큰 선물상자 속의 물건들과 같다지

때론 기대치 않았지만
그 작은 상자 속에서 값진 보석이
나올 수도 있겠고 크고 화려한 상자 속에서
의외로 필요 없는 것들이 나오는 것이 아닐까

삶에 항상 빚진 듯이 산다
누군가에게 돌아갈 것들이 내게로
많이 왔기 때문이고 그래서 누군가는 그것으로
결핍을 느낄 것이기 때문이야

내가 대가 없이 받은 모든 것들이
그리고 아무런 노력 없이 가진 것들이

참 감사하고 고마운 오늘이다

햇살이 참 아름다운 6월의 오늘…
초여름의 바람조차 달콤하고 향기롭다네
착한 남편이 건강하게 내 곁에 있고
내 두 딸이 건강하고 어머니가 아직도 정정하셔서
내 곁에 계시는 것… 그것만으로도
나는 넘치게 감사한데…

"아…! 내가 무엇을 더 바랄까?"

하얀 목련을 노래함

너는 하얀 목련꽃 같았었다
네 꽃이 피던 날
그 꽃향기 가득한 그늘에서는
목련의 순한 냄새가 났었는데…

우리 사랑은 목련꽃처럼
저 봄에 화려하게 피었지만
그 어느 날… 저 목련꽃처럼
우리의 사랑은 갑자기 찾아온 더위와
함께 땅에 뒹굴고 말았지…

봄비가 하루 종일 내리고
흰 목련이 아프게 꽃망울을 터트린
그런 날이면
그 그늘 아래서 나는 너를 그리워한다

너는 이제 어디에 있는지

이름도 얼굴조차도 까마득하다

너를 잃은지 오래지만 그 추억은 아직도

내 마음에 생생하다

추억과 음식에 관한 에세이

내 삶의 사소한 행복들

벌써 길가에서는 파릇파릇한 초여름의 냄새가 난다.

오늘은 4월의 첫날인데, 온도가 부쩍 높아져 5월의 날씨 같다. 성급한 젊은이들은 벌써 반소매 차림으로 거리를 활보한다. 그들의 환한 웃음과 밝은 색깔의 옷들이 좋아 보인다. 그에 반해, 나는 우중충한 차림새이고, 내 얼굴은 핏기가 없이 누렇다. 왜냐하면, 나는 오늘 위와 장 내시경 검사를 받고 돌아오는 길이었기 때문이다. 그런데, 이런 내 모습과는 상반되게 날씨는 5월의 날씨 같았고, 마치 초여름이 다가온 듯 화창하였다. 그동안 거리를 환하게 수놓았던 길가의 벚꽃은 찬란한 꽃비가 되어 내리고 있었고, 꽃이 진 벚나무에는 벌써 파릇파릇한 새잎들이 가지마다 가득히 돋아나고, 거리는 어느새 초여름인 듯, 그동안 길가를 환하게 밝혀 주던 화려한 벚꽃의 분홍색 대신에, 파릇파릇한 초여름의 색으로 아름답게 단장을 한 듯하다.

사실, 나는 오랜만에 가족들이 하도 권하는 바람에 굳게 마음을 먹고, 얼마 전에 국가에서 제공하는 '건강 검진'을 받았다. 그런데 내가 제출한 변에 잠혈이 보인다고 하여, 할 수 없이 위와 장의 내시경 검사를

이름 없는 들꽃이라도 되어

받은 것이다. 그 과정이 너무 힘들고 자신이 없어서, 7~8년 동안 검사를 받지 않았기 때문에, 나는 내시경 검사를 앞두고, 다소 긴장된 마음이 들었다. 그래서인지, 미국의 동생네 집에 가 계신 친정어머니와 남편, 두 딸, 그리고 내 친구들이 내시경을 받느라 고생하는 나를 걱정하면서, 어제와 오늘, 계속 카카오톡으로 문자와 전화를 한다. 사실, 이것이 다른 사람들에게는 별일이 아니었겠지만, 나를 걱정해 주던 그들의 전화와 염려가 눈물이 날 만큼 마음이 찡하고, 고맙게 느껴진다.

'아…! 내가 그동안 잘못 살아오지는 않았나 보다.' 그들의 관심과 염려가 불안한 나에게는 적지 않은 위안이 되는 것이다. 요즈음 유난히 눈물이 많아진 나를 걱정하는 것도 바로 그들이다!

나에게 특히 힘들었던 것은 내시경을 앞두고 3일 전부터, 먹는 음식을 세세히 조절하는 것인데, 밍밍한 흰밥이나, 달걀, 흰 식빵과 두부 등등…. 고춧가루나 후추, 파, 마늘 등의 매콤한 양념이 없이, 오직 심심하게 먹어야 하는 것이 너무나 괴로운 것이다. 그동안 그렇게 귀한지를 미처 알지 못했던 갖가지의 나물 반찬이나, 매콤한 떡볶이와 따끈한 어묵 한 그릇, 파릇한 부추와 빨간 고추를 다져 넣은 부추부침개가, 굴과 해물을 넣은 얼큰한 짬뽕, 바지락과 애호박을 넣은 칼국수와 매콤한 청양고추를 다져 넣고 끓인 라면 등등…. 평소에 아무 생각 없이 먹었던 그 음식들이, 나에게 너무 귀한 음식이었음을 며칠 동안 음식을 조절하면서 절실하게 느끼게 되었다. 위와 대장 내시경을 다 마치고, 의사 선생님의 설명을 듣는데, 깨끗하게 비워진 내 위와 장을 컴퓨터 화면으로 살펴보는데, 너무 신기하다.

다행스럽게 아무런 문제가 없이, 대장 내에서 몇 개의 작은 폴립을 발견하여, 잘 제거하였다고 하셨고, 위 벽이 약간 헐어 있다고 하였다. 세세하게 신경을 써 주신 의사 선생님과 간호사분들도 다 고맙다. 사실, '치부'라 불리는 그 부위를 검사하고, 전신 마취하면서, 온갖 사람들의 뒷바라지를 하는 일이 어찌 쉬울까? 내일은 그분들께 근처의 맛있는 빵이나, 과일이라도 한가득 사서 건네 드리고 싶은 마음이다.

'긴 공복 후, 제일 첫 끼에 무엇을 먹을까?' 어제부터, 그리고 검사를 마치고 병원에서 돌아오면서, 나는 내내 즐거운 고민을 하였다. 아무래도 너무 자극적인 것은 좋지 않다고 하기에, 나는 오랜 고심 끝에 집 근처의 '굴 수제비'를 먹기로 하였다. 통영에서 들여온 싱싱한 굴과 미역을 듬뿍 넣고, 비린내 없는 멸치 국물에 부추와 청양고추 조금, 그리고 고소한 깨를 넉넉히 뿌려 내는 시원한 국물에, 큰 감자 몇 조각과 손으로 뜯어낸 쫄깃한 수제비가 너무 감칠맛이 나서 속이 불편하거나, 뭔가 마음이 심란한 날이면 내가 늘 즐겨 먹는 음식이다. 어제부터 속을 완전히 비워 낸, 빈속에 먹으니, 그 맛이 더욱 시원하고, 내 입안에 그 풍미가 가득히 느껴진다.

오후의 햇살은 다소 더운 듯이 따뜻하였고, 4월의 첫날! 거리에는 눈처럼 하얀 꽃비가 바람에 흔들리며 가득히 내리고 있었다. 나는 늘 걷던 그 길을 걸으며, 그동안의 나에게 주어진 '평온한 삶'에 대해 감사한 마음이 들었다. 특별하게 좋은 일이 일어난 것은 아니지만, 단지 아무 일도 일어나지 않은 평범한 일상이 나에게 더욱 소중하다는 것이 절실하게 다가오는 긴 하루였다.

"우리가 늘 대하는 음식도 마찬가지가 아닐까?"

다양한 고급 음식이 많은 어느 호텔의 뷔페보다도, 우리 집 근처의 재래시장에서 파는 따끈한 어묵 한 그릇이나, 매콤한 고추장 떡볶이, 바삭한 튀김 한 접시, 허리가 굽으신 할머니가 직접 만들어 파시는 순대 한 접시와 도토리묵, 요즘 나오는 파릇한 쑥을 많이 넣은 향긋한 쑥버무리 떡이 유난히 그리워지는 이유이다.

"내일은 또 무엇을 먹을까?"

나는 오늘 밤에도 즐거운 고민으로, 고단한 나의 하루가 지나간다. 저 대문 밖에서는 희고, 진한 분홍색과 아주 붉은 철쭉꽃들이 아무런 고민도 없이, 4월의 길가에 가득히 피어나고 있었다.

이름 없는 들꽃이라도 되어

어머니의 녹두부침개와 손만두

  우리 가족은 부모님께서 6.25 전쟁의 난리 통의 이북에서 넘어오신 분들이다. 소위, 이런 가족들을 이남에서는 깎아내려 '38 따라지' 혹은 점잖게 '실향민'으로 불렸는데, 이 '두 단어'는 급히 두고 온 고향인 38선 이북에 끝내 올라가시지 못하고, 결국은 이곳에서 정착하고만, 한과 눈물의 사연이 깃든 우리 민족만의 험난한 수난사이며, 한 가족과 개인에게는 지울 수 없는 슬픈 역사이다.

  공산당들이 이북을 점령하면서, 모든 집과 땅을 몰수하고, 종교를 이유로 탄압하자, 많은 이북 사람은 아무 근거지도 없는 38선 이남의 땅에 무작정, 내려오시게 되었다. 그나마 지주 집안의 장남이셨던 외할아버지께서는 이북에서 소유하시던 많은 집문서며, 땅문서 등등과 현금, 그리고 할머니의 값진 패물만 작은 가방에 넣고는, 다 같이 배를 타고 내려오셨다 한다. 이제 곧 사악한 '공산당 놈'들이 물러가면, 다시 이북에 돌아가시리라는 단순한 믿음과 소망 하나만으로, 38선 이남에 대가족들을 이끌고, 급히 내려오신 것이다. 그러나 그 순박한 믿음은 돌아가실 때까지도 이루어지지 않아서, 결국은 아흔이 넘어 돌아가시면서, 이제는 한낱 '종잇장'에 불과한 많은 땅문서와 집문서 등을 내내 소중하게 금고에 넣어 보관하시다가, 어머니와 외삼촌, 이모들에게 다 나누어 주시고는, 그토록 바라시던 '남북통일'을 눈으로 보지 못하신 채, 저 먼 하늘나라로 황망히 떠나가셨다.

우리 아버지는 이북의 황해도 해주, 어머니는 평양 출신이시다. 두 분은 부산의 월남한 이북 사람들이 설립한 '영락교회'에서 만나 결혼하셨다. 그래서 우리 집은 늘 명절 때마다, 혹은 가족 중 누군가의 생일이거나 축하할 일이 있는 날이면, 어김없이 이북식으로 돼지고기를 넉넉히 얹고 김치를 잘게 다져서 얹은 '녹두부침개'를 큰 프라이팬에 기름을 지글지글 두르시고는 거의 몇십 장 정도를 계속 노릇노릇하게 구워 내셨다. 또 한편에서는 직접 밀가루 반죽을 밀대로 밀어, 아주 곱게 그리고 넓게 상에 쭉 펴고는, 큰 만두피를 동그란 양은 주전자 뚜껑으로 꼭꼭 눌러 만드시고, 김치와 고기, 두부, 그리고 당면을 잘게 다진 소를 많이 만들어서, 온 가족이 둘러앉아 큰 '손만두'를 셀 수도 없이 많이 빚었었다. 명절이면, 온 가족이 둘러앉아 소를 많이 넣은 주먹만 한 큰 손만두를 빚었고, 그리고 한편에서는 노릇노릇하게 녹두부침개를 굽고, 어린 우리 형제들은 여기저기 쏘다니며 놀다가, 저녁이면 돌아와서 꼭 시원한 나박물김치나 동치미 김치와 함께 이 음식들을 맛나게 먹곤 하였는데, 이것은 언제나 우리 식구들에게 없어서는 안 될 중요한 '힐링 음식'이 되었다!

유난히 삶이 고단하거나, 뭔가 속이 답답한 일이 있을 때면, 어머니께서는 점심으로 꼭 멸치 국물을 진하게 내서, 여러 가지 채소를 볶아 고명을 얹은 잔치국수를 넉넉히 만드셨고, 갈비구이나 찜, 불고기 등의 고

이름 없는 들꽃이라도 되어

기 요리를 먹은 후에는 꼭 시원한 물김치나 동치미 등으로, 개운하게 김치말이 국수를 먹곤 하였다. 여름에는 메밀면으로 만든 시원한 평양식 냉면도 잊을 수 없는 고향의 음식이다. 평양냉면은 사실, 손이 많이 가는 음식이다. 항상 먹기 전날에는, 소고기의 양지 부위 고기를 크게 썰어서, 찬물에 담가 핏물을 완전히 뺀 후에, 몇 시간이고 푹 고아 낸 국물을 식혀, 그 기름을 다 깨끗이 받혀, 맑은국으로 거둔 후에 시원한 동치미 국물을 섞어, 달걀과 오이, 배 등을 얹어 내는데, 주로 귀한 손님이 오시는 날에는, 어머니는 항상 손이 많이 가는 평양냉면으로 대접하였었다.

오늘은 유난히 날이 따뜻하여 2월의 중순인데도, 이곳 부산의 날씨는 마치 3월의 '봄' 같았다. 어머니는 어제 사 온 파릇파릇한 부추를 많이 넣고, 바지락 조갯살을 듬뿍 넣은 부추부침개를 노릇노릇하게 부치고 계신다. 나는 아침에 일찍부터 한의원에 다녀와서 다소 출출한 느낌이었는데, 창문을 활짝 열고 바삭바삭한 부침개를 2장이나 먹었다. 마침 어제 담근 발그스레한 나박김치와 같이 먹으니, 아주 금상첨화이다! 문득, 어릴 적에 많이 먹던 고소한 녹두부침개와 김치맛이 시큼하게 나면서, 구수한 맛의 명절날, 큰 손만두가 생각이 나는 오후였다.

요즈음 밀가루 음식이 좋지 않다면서 건강 프로그램에서 많이 말들을 하지만, 이렇게 우리 가족에게는 이런 밀가루 음식이 헛헛한 속을 달래 주고, 다가오는 봄을 느끼게 하는 아주 좋은 '힐링 음식'이 되곤 하는 것이다. 사실, 무엇이든지 맛있게 먹으면, 모든 것은 '약'이 될 것이라는 믿음으로, 우리 어머니의 파란 부추부침개를 행복한 마음으로 먹었다.

그 파릇파릇한 부추처럼 창밖에는 문득, 눈부신 햇살과 함께 새봄이 한 발짝 더 가까이에 다가오고 있었다!

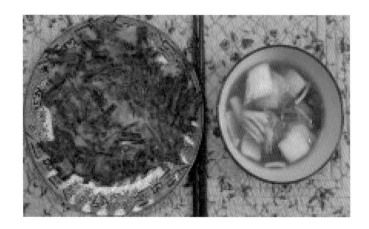

　　　　　　　　　　　　　　　이름 없는 들꽃이라도 되어

울 친정엄마의 밑반찬

아직 달력은 겨울이지만, 부산 날씨는 마치 이른 봄처럼 화창하다. 서울 근교에서는 아직도 매서운 추위가 기승을 부린다고 하는데, 부산엔 햇살이 다사롭다. 작은 아파트의 베란다에는 엄마가 키우시는 작은 화분 안의 꽃들이 피어 나름대로 작은 정원을 이루어 향기롭다. 내가 일 때문에, 혼자 용인의 오피스텔에서 살 때는, 일품으로 김밥에, 떡볶이며 어묵! 혹은 에그 토스트에 간단한 야채, 가끔 시간이 날 때는 스테이크 한쪽과 샐러드! 그러나 좀 더 바쁘면 컵라면에 배달 음식으로도 끼니를 해결할 때가 많았는데…. 골다공증으로 고생하시는 친정엄마는 요즘 주사를 맞으시며! 몸이 좀 나으셨는지, 시간만 나면! 근처에 사시는 이모님과 시장에 다녀오시고, 여러 가지 내가 좋아하는 반찬을 조물조물하신다. *'아…. 자식이 뭐길래…?'* 나는 아직도 내 입맛에 맞는, 늙으신 울 엄마의 밑반찬을 먹으며, 마음이 울컥한다. 그분들의 소원은 오직, 내 자식이 행복하기를…! 자신보다 덜 상처받기를…! 자신보다 조금 더 나은 세상에서 살기를…!

"우리가 우리 자식들에게 바라는 것도 바로 그것인데…!" 화창한 겨울날의 오후, 베란다의 환하게 웃는 꽃들 사이에서 늙으신 울 친정엄마의 햇살 같은 마음이 온 사방에 가득히 펼쳐진다.

황금 잉어빵과 잔치국수

부산에 내가 사는 아파트는 센텀 백화점 단지와 수영 재래시장 사이에 있다. 좀 고가의 쇼핑을 할 때는 백화점으로, 저가의 물건이나 먹을 것들은 주로 재래시장에서 사게 된다. 재래시장에 가는 길에 늘 내가 즐겨 하는 '잔치국수'와 '붕어빵- 요즘은 황금 잉어빵'이 있다.

잔치국수와 수제비를 주로 하는 이 국숫집은 제법 이름난 곳이다. 먼 곳에서 일부러 찾아오기도 하는 국수 맛집이다. 어지간히 밀가루 음식, 특히 수제비나 칼국수, 잔치국수를 좋아하는 나로서는 대단히 반가운 곳이다. 어느 날, 점심에 이곳을 찾았다가 너무 희한한 향기가 나는 것이다. 밀가루 냄새, 멸치 국물과 어우러진 향기에 나는 깜짝 놀랐다. 두리번거리면서, 옆을 잘 둘러보니, 알겠다. '아…! 이것 때문이었구나…!'

가게 안 한구석에 수석과 함께 전시된 온갖 난초 화분에서 봄이 되었다고, 저마다 환한 꽃을 피워 올렸는데, 그 향이 너무 짙다. 그날 나는 꽃 향기와 더불어 꽃 국수를 먹었다. 국수가 입이 아니라, 코로 넘어가는 것 같았다. 국수 한 그릇이 행복하게 넘어간다.

이름 없는 들꽃이라도 되어

　그러고는 다시 국숫집을 나와, 길을 걷는데, 고소한 잉어빵 냄새가 난다. 별로 달지 않은 팥 앙꼬를 꼬리까지 정성껏 넣고, 노랗게 구워 낸 황금 잉어빵…! 사실, 집에 가면 제과점에서 사온 갖가지의 빵이 즐비하지만, 나는 방금 물에서 건져 낸 듯한, 황금빛으로 빛나는 이 잉어빵의 유혹을 물리칠 수가 없다. 특히 이 빵의 인기는 굽는 아저씨의 정성 어린 손길과 손님을 반갑게 맞아 주는 아주머니의 환대가 더더욱 한몫하는 듯하다. 특히 점심시간에는 커피를 한 손에 든, 근처 직장인들의 인기가 아주 많아서, 한참 줄을 서야 한 봉지를 얻어 올 수가 있다.

　좀 한가한 3~4시경, 나는 시장에서 저녁 찬거리를 사 오다가 이곳에 들리는데, 부인인 아주머니와 한참 수다를 떨고 나서, "잉어빵이 참, 맛있어요."라고 인사를 건네면, 그 아저씨는 아직 봄철인데도 연신, 이마에 땀을 흘리시며, 빙그레 웃는다. 그러다가 "많이 파세요!"라는 내 인사에 한번 고개를 들어서 또 빙그레 웃으실 뿐이다. 한 번도 목소리를 들어본 적이 없는 아저씨지만, 그의 성실한 품성이 느껴지는 잉어빵이다.

아마도 잉어빵 굽는 아저씨는, 밤새 황금빛으로 빛나는 '황금 잉어'를 수도 없이 자신의 바구니 속으로 채우는 **'행복한 단꿈'**을 꾸실지도 모르겠다.

이름 없는 들꽃이라도 되어

친구네 옛집의 빠알간 홍시

    나와 친한 친구들이 많았던 중학교를 졸업하고, 나 혼자 저 멀리 고등학교에 배정되어, 아무 재미도 없이 쓸쓸하게 고등학교에 다닐 때였다. 우리 반에 전학하러 온, 아주 깊은 산골에서 살던 친구가 있었는데, 그녀의 아버님은 고향의 시골 초등학교 교장 선생님이셨다. 그 친구는 학업을 위해, 이모님이 사시던 서울에 올라와 혼자 살고 있었다. 글재주가 있었던 그 친구와 나는 다른 몇몇 친구와 아주 친하게 지냈는데, 우리들은 겨울이나 여름 방학이 되면, 다 같이 그곳에 내려가곤 했었다. 그녀의 어릴 적 고향 집에는 감나무가 하늘 높이 아름드리나무로 자라고 있어서, 늦봄이 되어 노란 감꽃이 떨어지면, 그걸 주워서 먹었는데, 그것은 마치 유년의 덜 익은 꿈처럼 달콤했었다. 그리고 그 노란 감꽃을 모아서, 실로 엮어 긴 목걸이로 만들어 목에 걸고 다니면서, 간식처럼 맛있게 먹었다고 한다.

    우리가 그녀의 고향을 방문한 여름에는 파란 풋감이 주렁주렁 열려 있었는데, 그중에 어떤 이유로 몇몇 개가 홍시가 되어서 떨어지면, 그 감들은 마치 아이스크림처럼 달콤해서 맛있게 주워서 먹곤 했었다. 우리가 방문하기만 하면, 친구의 어머니께선, 일부러 마당의 큰 아궁이에 불을 때서, 직접 밥을 지으시고, 구수한 된장국과 각종 나물들을 들기름과 깨를 넣어 아주 맛나게 무쳐 주셨다. 어느 날엔 직접 기르던 닭을 푹 고아서, 뽀얀 국물의 백숙을 해 주시고, 낮엔 이 국물로 구수한 닭 칼국수를 해 주시곤 했다. 아직도 눈이 시리도록, 파란 친구네 고향의 가을 하늘이 생각난다.

아…! 붉게 물든 큰 감잎은 어찌 그렇게 아름답던지…, 찬 서리가 한두 번 내리고 나면, 큰 감나무의 잎 지는 소리와 주홍빛 감은 가지가 늘어지게 익어 있었다. 그곳에서 일하시던 아저씨들이 장대 끝을 갈라지게 하여, 감나무 타고 올라서 감을 따서 보면, 주홍빛 감이 얼마나 아름답던지…, 그것은 보석처럼 아름다웠다. 친구 어머니께서는 장독에 감을 넣어서 홍시를 만드시고, 일부는 깎아서 광주리에 담아서 지붕 위에 올려 곶감을 만드셨다. 그 곶감이 되기도 전에, 반쯤 곶감이 된 반시감은 또 얼마나 달콤하던지…! 그 친구 집에는 늘 맛있는 감과 홍시와 곶감이 가득했었다. 이제 몸과 마음이 성숙해진 지금 생각해 보면…, 그 감나무가 아름드리 자라던 그곳은 **'꿈속의 고향'** 같은 곳이다.

이름 없는 들꽃이라도 되어

내 사랑하는 친구야~♡♡

이제 또 한 해가 이렇게 지나가는구나!! 아쉬움 속에 한 해를 접으며, 다시 우리에게 주어진 새로운 한 해를 맞이한다.우리가 같이 지냈었던 그 시절의 '달콤한 꿈' 같았던 시간을 아스라이 추억하며, "과연, 우리에게 다시 찾아올까? 그렇게 이름다웠던 그런 시절이…?" 한 번씩, 묻곤 한단다.

아…! 꿈속에서라도 내내 그리웠단다. 너와 너의 고향 집이, 그리고 이젠 하늘나라에 가신 네 어머니가 해 주시던 큰 가마솥의 김이 무럭무럭 나던 그 고소한 밥과 누룽지, 뽀얀 닭백숙과 맛난 칼국수, 그리고 추운 겨울날, 따스한 온돌방에서 먹던 아이스크림처럼 차가운 홍시의 맛! 늘 그립고, 그립다.

사랑하는 내 친구야~

이젠 몸이 아픈 너 대신에, 내가 너에게 어머니의 손맛을 따라서 이런 맛있는 고향의 음식들을 해 줄게. 추운 겨울에 부디 건강하길…! 그래서 내년, 꽃 피는 따스한 봄에 우리. 꼭 다시 만나자!!

내 인생의 환절기

바야흐로 계절은 봄이다. 아니, 정확히 말하자면, 겨울에서 봄의 문턱에 들어섰다고 말하는 것이 옳을 것이다. 이곳 부산은 2월 중순이 되면서, 봄의 기운이 완연하다. 그러면서 나에게는 '봄의 환절기'가 시작된다. 가을의 환절기가 주로 '쓸쓸함'을 동반한 헛헛함이었다면, 봄의 환절기는 '나른함'을 몰고 오는 봄의 햇살이다.

나는 공황장애 증세로 여름을 아주 싫어하고, 심지어는 두렵기조차 하다. 여름의 뜨거운 열기나, 햇살의 눈부심, 심한 지열 등은 나에게 현기증을 동반한 몸의 이상을 가져오기 때문이다. 그래서인지, 벌써 따사로운 부산에서 느끼는 봄의 햇살이 두렵다. 그러면서 온몸이 나른하고, 기운이 없고, 입맛도 없는 봄의 환절기 증세가 봄 아지랑이처럼 서서히 나에게 다가오는 것이다.

우리 삶도 마찬가지 아닌가? 인생의 겨울 같았던 시기가 지나면서, 창밖에는 서서히 봄이 오는 것 같은데, 아…! 내 몸은 벌써 더운 여름을 예감하고서 이 봄이 다가오는 것이 싫어진다. 차라리 추운 겨울이 그립다. 온몸을 꽁꽁 싸매고서, 추운 바람을 피하려고 안간힘을 쓰던 그 겨울

이름 없는 들꽃이라도 되어

이 왜 이 시점에 그리운 것인가? 얼굴이 시리다 못해, 살을 에는 듯한 추위라 표현한다. 그러면서 길가의 포장마차에서 파는 뜨거운 어묵 국물한 그릇이나, 매운 떡볶이 한 접시, 길가의 난로 통에서 달콤한 냄새를 풍기며 노릇하게 구워지는 따뜻한 군고구마가 생각나고, 동네 어귀에서 팔던 팥이 가득 든 노란 붕어빵이 그리운 것이다. 벌써, 내 입안에서는 지난겨울, 나의 간식이었던 달콤한 '군고구마'와 뜨거워서 호호 불며 먹던 '붕어빵 한 조각'이 그리워서, 벌써 침이 돈다.

참 이상한 **'사람의 환절기'**가 아닌가? 아니, 참 이해할 수 없는 '나만의 환절기 증세'이다.

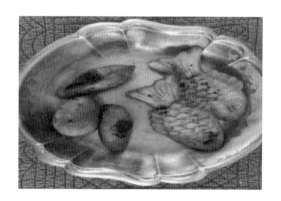

내가 들꽃에 관심을 가지게 되면서, 험난한 들판에 살면서도, 끝끝내 아름다운 꽃을 피워 내는 그 모진 생명에 감동하게 되었다. 그래서 이번에는 '들꽃 같은 삶'을 살아 내는 우리네 어머니들의 모습을 소설로 한번 그려 보고자 했다.

"이름 없는 들꽃이라도 되어."

이 소설의 주인공이신 어머니는 내 친구 어머님과 한동네에 사시던 지인이신데, 건너 건너 들은 이야기가 하도 재미있고, 또한 감동을 주는 것이어서, 내가 소설로 써 보고자 했을 때, 흔쾌히 허락해 주셨다. 주로 그분의 이야기를 녹음해 와서 정리한 것이고, 사투리는 그곳이 고향인 내 친구가 감수해 주었다. 부족함이 많은 이 소설에는 강인한 들꽃 같은 삶을 살아 내신 우리네 어머니들에 대한 존경과 감사의 마음이 담겨 있다.

그 외에 이 책에 실린 글들은 내가 부산에, 혹은 용인에 홀로 거주하면서, 써 내려간 수필들이다. 이상하게도, 몸도 마음도 편한 미국에서는 글이 잘 써지질 않았다. 그러나 좁고, 보잘것없는 용인의 한 오피스텔에서는 몸이 피곤하고 불편한 대신에, 내 영혼과 정신은 더욱더 맑고, 높게 깨어 있는 것 같았다. 하나를 얻고자 하면, 역시 하나를 잃어야 함이 우리네 인생에서의 진리임을 깨닫는다. 이제 세 번째 책을 봄에 완성하면서, 모든 힘든 이들의 영혼과 마음이 들판에 지천으로 흐드러지게 핀, 온갖 색깔의 들꽃처럼 활짝 피어나기를 소원해 본다.

너도 봄,
나 또한 봄이기를…!

너의 삶도 봄날,
나의 인생도 더불어 봄날이기를…!

2024년 봄에, 작가 김윤미 드림

이름 없는 들꽃이라도 되어

ⓒ 김윤미, 2024

초판 1쇄 발행 2024년 3월 15일

지은이   김윤미
펴낸이   이기봉
편집   좋은땅 편집팀
펴낸곳   도서출판 좋은땅
주소   서울특별시 마포구 양화로12길 26 지월드빌딩 (서교동 395-7)
전화   02)374-8616~7
팩스   02)374-8614
이메일   gworldbook@naver.com
홈페이지   www.g-world.co.kr

ISBN   979-11-388-2608-2 (03810)